学会与自己和解

Accept the Past, Enjoy the Present,
Embrace the Future

孔谧

著

辽宁人民出版社

图书在版编目（CIP）数据

学会与自己和解 / 孔谧著. —沈阳：辽宁人民出
版社，2023.1
ISBN 978-7-205-10357-6

Ⅰ.①学… Ⅱ.①孔… Ⅲ.①随笔—作品集—中国—
当代 Ⅳ.①I267.1

中国版本图书馆 CIP 数据核字（2021）第 247829 号

出版发行：辽宁人民出版社
　　　　　地址：沈阳市和平区十一纬路 25 号　邮编：110003
　　　　　电话：024-23284321（邮　购）　024-23284324（发行部）
　　　　　传真：024-23284191（发行部）　024-23284304（办公室）
　　　　　http://www.lnpph.com.cn
印　　刷：辽宁新华印务有限公司
幅面尺寸：145mm×210mm
印　　张：6
插　　页：10
字　　数：140千字
出版时间：2023 年 1 月第 1 版
印刷时间：2023 年 1 月第 1 次印刷
责任编辑：阎伟萍　孙　雯
装帧设计：留白文化
责任校对：吴艳杰
书　　号：ISBN 978-7-205-10357-6
定　　价：48.00元

序 | *PREFACE*

　　此书动笔之时，恰逢全人类正笼罩在新冠肆虐的阴影下，整个世界面临着疫情之下共同命运的各国如何彼此和解之大命题；对个人来讲，我也刚刚告别传统的职业生涯，面临未来人生路上将如何与自我和解的小命题。我本以为完成这个选题应该是件很容易的事儿，直到书稿完成的今天，我不得不说与自己和解这个看似简单、朴素的话题其实一点都不简单。因为，我们在谈除自己之外的任何话题时都会侃侃而论，唯独在谈与自己相关的命题时，才会顾左右而言他，耍赖、兜圈子、绕远，事实上，面对真实的自己时，需要极大的勇气与诚实，而这是最难的地方。还有些时候，我们不是没有勇气，也不是不诚实，而是我们真的不知道该怎么做才能与自己和解。如果与自己和解那么容易，就不会有那么多与自己、与他人、与这个世界较劲的时刻，不会有那么多心灵的挣扎和纠结，更不会有那么多焦虑不安的情绪，每个人或许都能像高僧、耶稣般的慈悲和顿悟了。

　　唐僧在取得真经之前经历了九九八十一难的故事告诉我们，每个人在与自我和解之前，都要经历人生之路上无数的考验与修炼，不论是身修还是心修。凡·高在与自己和解之前曾与原生家庭决裂，做过牧师，当过学徒，受父母之命在显贵叔父的画廊中拟成为凡·高家族的财富继承人。但贵族学校的教育，上流社会敞开的拥抱都没有浇灭他内心燃烧着的那团火，这团火让他如飞蛾扑火般地乱闯乱撞，不谙人间纠缠，不明人心复杂，甚至不懂友谊分寸，直到他拿起画笔在画布上肆意挥洒，在给弟弟提奥的651封信里尽情地在文学、艺术、绘画的世界里翱翔，他躁动的内心方渐渐平静下来，目光里的焰火才有了承载的方向，找到了与自己和解的方式；高更在去大溪地之前一直过着体面的生活，有着高薪的工作、幸福的家庭、温柔的贤妻、可爱的孩子，但是他内心那个真实的自己一直在推动着他，折磨着他，让他放弃了当下的一切，奋不顾身地跑去了法国的阿尔勒，去与凡·高一起画阿尔勒的天空、阿尔勒的桥、阿尔勒的太阳。然而，两个天才注定是无法在现实生活中和平相处的，没有人会轻易妥协，他们为艺术的实践和绘画技法大吵，仅仅过了62天就分崩离析。他们都被自己内心的那团火牵引着。凡·高留在了阿尔勒继续画他的向日葵，用37岁的生命燃烧出了世界上最美、最特别的向阳花；高更则去了大溪地，直到他深入地与原住民生活在一起，他终于找到了与自己、与世界和解的方式。彼时，凡·高离世3年之际，高更的儿子也先他而去。两个天才，都在与自己彻底地和解之后给世人留下了大量的杰作：一个给世界留下了永恒的《向日葵》；一个给世界留下了永恒的哲思《我们从哪里来，我们是谁，我们要到哪里去》。你看，与自己和解之路是多么的漫长而不易。

或许你会说，这是天才的自我和解之路，而我只是个凡人。那么，凡人的自我和解之路就简单容易吗？在我看来，凡人因缺少智慧，更容易走弯路，走迷路。如果那么简单容易，为什么人世间还会有那么多的不解和纠缠，那么多的寂寞和孤单，那么多的愁苦和抱怨，细分析起来，所有的这些其实都是源于我们还没有学会与自我和解之因，才导致了诸多不解之果。我一直努力学习，但始终得不到父母的认可；我真诚待人，换来的却是一次次的伤害；我与家人疏离有距，却渴望得到家人的关注和爱；我并不想控制伴侣，但就是无法做到；我不相信任何人，只相信自己；我努力了很多年，却一直得不到重用和提升；同龄人都结婚成家，我却仍孑然一身；工作生活都很如意，但我仍感觉人生没有意义……不难看出，和天才疯子们相比，普通人的烦恼和纠结一点都不少，天才和疯子们执着而纯粹，他们在与自我和解的路上只要跟着自己内心的那团火执着地燃烧下去就会成就自己，不惜放弃自己的一切甚至是生命。而凡人大多既没有那份执着，亦没有那份勇气，更没有佛陀那份大彻大悟的智慧，所以必然会在与自我和解之路上烦恼丛生，磕磕绊绊，自是需要引领和借鉴，而这引领和借鉴不是你我凡俗之辈洋洋洒洒的万言之书就可以给予的。

但总有人需要从诸多的繁务中抽出身来做这样的事情，梳理些古今中外智者的思想精华，挖掘出那些科学实验背后的数据，抛砖引玉，与无数个智者的灵魂交谈，再与无数个灵魂相遇，答疑解惑。同时，在这个过程中对自己尽可能地诚实，完成对自我的认知与和解。每每一想到这些，我方会觉得挑灯夜爬这部书稿格子的价值和意义，或许一路支撑我坚持下来的并不是我要去写一部什么给读者看的书，而是要完成一次与自我的和解之旅，如果这趟旅程的手记能让你或多或少地有些共鸣和获益，也算件幸事。

目 录 | CONTENTS

第一章

想与世界和解，请先与最好的自己相遇
——认知获得幸福的智慧

是的，我就是我，是颜色不一样的烟火，那么我就应该用我自己喜欢的方式去绽放和燃烧我的生命，在夜空中划出独属于我自己的生命轨迹和曲线，不论我绽放在哪里，繁华的都市，静谧的山村，涛声阵阵的海边，还是杳无人烟的荒漠，我就是我，用我独特的方式告诉世界：我是不一样的烟火，这个世界，我曾经来过，也曾经爱过。

我就是我，是颜色不一样的烟火

快乐是

快乐的方式不止一种

最荣幸是

谁都是造物者的光荣

不用闪躲

为我喜欢的生活而生活

不用粉墨

就站在光明的角落

我就是我

是颜色不一样的烟火

天空海阔

要做最坚强的泡沫

我喜欢我

让蔷薇开出一种结果

孤独的沙漠里

一样盛放得赤裸裸

多么高兴

在琉璃屋中快乐生活

对世界说什么是光明和磊落

我就是我

是颜色不一样的烟火

每次听张国荣的这首《我》，都深以为然，怦然心动。

这首歌不仅张国荣唱过，陈奕迅也唱过，在演出的现场，他们都在最后的舞台上唱着这首歌泪流满面，因为这首歌唱出的不仅仅是歌手自己的人生，更是唱出了每一个独一无二的生命个体——你和我还有他的人生，我们都是不一样的烟火，既然生命仅有一次绽放和燃烧，那么我们何不在各自的夜空中璀璨，尽情释放出自己的颜色！

我们从小就被教育贴上标签，变为整齐划一的孩子，读一样的书，穿一样的校服，留一样的学生发型，保持一样的坐姿，甚至举手投足都有标准的姿势……但唯独没有人告诉我们，我是谁，我来自哪里，我为什么活着，我又要去到哪里，我和别人有什么不同，我为什么会是我？我们做了无数张试卷，考了无数个高分，但唯独没有做过一张关于"我"的试卷，也从没有在与我的对话中有过清晰的答案。没有哪堂课、哪位老师曾对"我"给予讲解和解读。整齐划一的教育适合我吗？努力学习是我的人生中必做的功课吗？早八晚五的工作对我意味着什么？结婚生子一定就是我的人生吗？我正在过的是我的人生还是别人的人生？太多关于我的问题将由谁来回答，谁又会回答？纪伯伦说智慧的基础就是认识自己。尼采则告诉我们，我们需要先打量自己，才能纠正自己。辛涅科尔则说，对于宇宙，我微不足道。而对于我自己，我就是一切。可见，我们在先认识世界之前，更需要认识自己，在与世界和解之前，需要先与自己和解。

而我就是我，是不一样的烟火，是无人取代独一无二的我。从生物学的角度上说，除一些病毒外，地球上所有生物的遗传物质都是由 DNA 构成的。每个人有不同于其他人的"特质"，首先是因为除同卵双胞胎或同卵多胞胎以外，没有两个人的 DNA 是完全一样的。人的"遗传密码"由约 30 亿个碱基对（可以看成"字母"）"拼写"而成，可组成 20000 多种类型的蛋白质编码，哪怕世界上最初只有 2 个人，他们每个基因的形式都不同，并且每个基因都能随机互换，20000 种基因就有 2^{20000} 种排列方式，这远远超过了整个宇宙中原子的数量。与英文有 26 个字母不同，人的遗传密码的"字母"有 4 个，即 A、G、C、T，分别代表核苷酸中的腺嘌呤、鸟嘌呤、胞嘧啶和胸腺嘧啶。人的 DNA 序列大约 99.9% 相同，个体之间只有 0.1% 的差异，而且这 0.1% 的差异，又主要存在于单个"字母"的差异，即单核苷酸多态性。例如在 DNA 的某个位置，你是 A，我是 G，你是 C，我是 T 等。虽然 0.1% 这个比例看上去不大，但 30 亿的 0.1% 就是 300 万，也就是说，人类个体之间的 DNA 大约有 300 万处差别。从社会学角度上说，没有任何一个人的阅历、所受到的教育、遇到的人、身处过的社会环境完全一致。这些因素自然决定了我们每个人的独特性、唯一性。

我就是我，是不一样的烟火，从社会学的角度看，我是天生我材必有用的我。距今1100多年前的唐朝大学士李白"天生我材必有用，千金散尽还复来"一语道破"我"的唯一性和存在的价值，每一个生命都有他自己存在的意义和价值，所以，不论谁出于什么目的对我们否定时，都不要对自我产生怀疑，记住你的无可替代性，决定我们人生的不是任何别人，而是独一无二的"我"。霍金小时候学习成绩一塌糊涂，老师骂他无可救药，同班同学会因为一袋糖果打赌他永远不会成才，多少年之后，没有人认识和记得那位老师和打赌的同学，但全世界人都知道那个宇宙物理天才霍金。美国篮球运动员斯万森身高仅1.35米，却获得了"袖珍人中的迈克尔·乔丹"的美称。他从小喜爱篮球运动，被诊断出侏儒症后，斯万森并没有放弃喜爱的篮球运动。他清楚凭借自己的身高，难以完成盖帽动作，难以正面与巨人们抗衡。于是，他根据自己的身高特点，加强胯下运球、加速突破、低手上篮、胯下过人等技术性动作的训练。他的变向运球过人的速度快得令人难以想象。斯万森如今在纽约的一个职业篮球俱乐部"纽约塔"效力，这支球队全部由身材矮小的篮球运动员组成。由于他在网上的打球视频，他还经常能够受到比赛和慈善活动的邀请。可见，任何一个生命都有其存在的独特价值和意义，无人可以替代。

是的，我就是我，是颜色不一样的烟火，那么我就应该用我自己喜欢的方式去绽放和燃烧我的生命，在夜空中划出独属于我自己的生命轨迹和曲线，不论我绽放在哪里，繁华的都市、静谧的山村、涛声阵阵的海边，还是杳无人烟的荒漠，我就是我，用我独特的方式告诉世界：我是不一样的烟火，这个世界，我曾经来过，也曾经爱过。

学校里没有教过的幸福密码

现在的你是否是自己满意的样子？如果你的回答是很肯定的"是"，那么你没必要再读这本书了，按照自己喜欢的样子继续生活下去就好，因为你很清楚自己满意的标准和感受，清楚什么是令自己满意的样子，并且知道怎么做才让自己成为了今天的样子。如果你看到这个问题，有些犹豫甚至否定，或是完全不知道该怎么回答这个问题，支支吾吾不知所云，那就说明你还没有思考过这个问题或者目前的状况一团糟，或许这本书真的可以帮助到你，给你提出些简单却很容易实施的建议，你可以边读边去尝试，用不了太久，你将体会到自己的一些变化，等读完了这本书，再来回答这个问题也不迟。

因为原生家庭、成长经历、社会经验、生活阅历的不同，每个人对满意的标准都不尽相同，但我们又都是同一个物种——人类，所以生理和心理的趋同性又会让我们在人类漫长的进化过程中找寻到共同的标准。从哲学的角度上讲，人生本没有任何意义，但人类因为有了异于其他动物种类的思考和语言功能，就有了超越其他动物种类的需求，在漫长的一生中需要探寻出个体存

我就是我，是颜色不一样的焰火

The Beatles saved the world from boredom.

George harrison

「披头士拯救这个世界免于无聊。」　乔治哈里逊

不是世界有羔，
是你的认知决定了你小宇宙的边界

在的价值和意义，满足自身不同的需求层次，战胜各种虚无困惑，直至达到每个生命个体的满意度，才能最终实现身与心的统一协调，获得身心的满足，进而获得身心的健康与和解，因个体身处的环境的随机变化而应对自如，减少压力和焦虑，因此，心理学家们又从心理学的角度为我们做了探索和解答，马斯洛著名的人类需求层次理论就是其中之一。

在这个理论模型中，人类的需求被分为生理需求（Physiological needs）、安全需求（Safety needs）、爱和归属感（Love and belonging）、尊重（Esteem）和自我实现（Self-actualization）五个层次，排列依次由低到高。在自我实现需求之后，还有自我超越需求（Self-Transcendence needs），但通常不作为马斯洛需求层次理论中必要的层次，大多数时候，心理学专家们会将自我超越合并至自我实现需求中。简单来说就是假如一个人同时缺乏食物、安全、爱和尊重，需求最强烈的部分自然是食物，其他需要则显得不那么重要。此时，人的意识几乎全被饥饿所占据，所有能量都被用来获取食物。比如，走不出沙漠困境或是因海难漂流等待救援的人，在这种极端情况下，人生的全部意义就是吃，其他什么都不重要。只有当人从生理需要的控制下解放出来时，才可能出现更高级的、社会化程度更高的需要，如对安全的需要。根据这个需求理论，我们就很容易发现自己还没有与自身和解的症结在哪里，很显然，在我们的经济条件尚不能满足生活需要之前，能吃饱肚子，还清房贷、车贷，够我们每个月的开销之前，我们很难跳过这个层次去追求后四个层面的需求，但身为人的特性，我们又都有对爱、归属感、尊重和自我实现的需求，而只有当这些需求都被较好地满足时，一个生命个体才会进入满足、健康的状态。

那么我们该通过什么方式方法去实现这些需求，达到让自己满意的样子，与自己和解，获得满足幸福的人生呢？根据哈佛大学的专家长达 25 年的科学实验和研究，良好的经济状态可以让我们逐渐接近经济自由，进而可以满足一部分生理需求，良好和平的社会秩序是我们获得外在安全感的基础和保障，健康的亲密关系则可以让我们获得爱、归属感的内在支撑，而良好的人际关系则是我们获得尊重的重要纽带，最终达到最高层次的自我实现需求，这其中包括针对真、善、美等至高人生境界获得的需求，因此只有当前面四项需求都获得满足后，最高层次的需求方能相继产生，如自我实现、发挥潜能等，我们将会在这本书里一一探讨。现在你要做的就是对比这些需求层次，看看自己的哪些需求已经获得了深层次的满足，哪些还没有获得满足，那么你只需要在没有获得满足的层次上努力就好。

我不想在这本书里讲什么高深的道理，我只想和你一起梳理一些小事，因为这些小事都是我们很容易做到和实现的，而这些小事也可以根据你自己的喜好去变更，它们只是在实现我们健康的人生，在与自己和解之路上抛砖引玉的尝试，你完全可以列出更多适合自己的小事去做做看，当你可以满意自己当下的状态，内心喜悦且从容的时候，便是去做这些小事的意义所在，恭喜你已开始与自己、与他人、与这个世界握手言和了。

去工作不仅仅是赚钱那么简单

我们大多数人都是在当代的教育体制下完成了从幼年到成年的教育过程。寒窗苦读十年，老师和父母帮助和支持我们完成学业，从小到大说得最多的就是好好学习，但是，好像很少有人告诉我们为什么要好好学习，对那些天生就喜欢读书学习的人来说，好好学习当然不是什么难题，因为热爱让这类人充满对知识的好奇和渴望，可是对那些并不喜欢坐在课堂里听老师唠叨，课后还要写一大堆作业，时不时地经历各种考试的人来说，是需要问一个为什么的，如果非要问一个为什么，老师和父母的答案最直接的就是可以找到一份好的工作，有个好的未来。不知道你是否思考过，什么是好的工作，什么又是好的未来？如果我们在努力读书前先能弄懂弄清这个命题，或许我们会更热爱学习吧。

我们在上一篇提到了人类的五大需求层次，首先，最低层次的需求是生理需求。它指生命个体健康存在的各种生理满足，如对呼吸、水、食物、睡眠等基本的生理满足。但我们知道，地球上属于人类的资源很有限。只要还有空气，我们就可以自由呼吸，只要还有健康的饮用水，我们也可以无限去畅饮，只要有个避雨的屋檐，我们就可以倒头大睡，只要有填饱肚子的食物，我们就可以生存下去。遗憾的是，这些条件和资源即使是在原始社会也不能轻易让人获得满足，人类本身就是自然界食物链上的一个环节，为了让生命得以延续，从第一个人诞生在这个世界上开始，他就必须为寻觅到有限的食物、清洁的水等努力奋斗和工作。随着人类的进化和科技的进步，人类对这些满足基本生理需求资源的标准也在提高，要求获得更清洁的空气，更洁净的饮用水，更健康的食物和更优质的睡眠，这些我们可以称其为优质资源，而在资源有限的商品社会，获得这些优质资源的途径就是用人类的劳动去创造价值，再用价值的回报——货币去购买优质资源进而满足我们生理需求。也就是说，如果我们不是含着金汤匙出生，我们每个人都需要通过创造价值去换取我们赖以生存的生活资源，而实现创造价值的途径就是去劳动和工作，直到我们有一天获得经济上的自由，也就是我们通过创造价值换回的货币价值大于我们为生存所需购买资源的价值，我们便可以考虑停止工作和劳动。可见，工作并不仅仅是赚钱那么简单，赚钱只是它的回报之一，而我们通过赚钱首先是实现生命的延续，获得各种基本生理需求的满足，进而才能获得高层次的需求。

当我们创造的价值大于满足我们基本生理需求的价值后，我们又会有新层次的需求。我们需要建立亲密关系来获得对爱、安全感的满足，这个时候的需求不仅仅是生理层面上的，它涵盖了心理、精神更高层面的需求。很显然，如果这个时候的工作只能满足我们的生理需求却满足不了我们心理和精神的需求，你很快就会厌倦它，对它没有任何的期待和激情，不久就会想到放弃和远离。比如让一个喜欢创新的设计师去写单调的代码，让一名全科的医生去做基础的护士工作，让一个律师去做前台的接待工作，如果仅仅是为了养家糊口，那对这些有着实现自我价值巨大需求的生命个体来说不仅是巨大的浪费，更是折磨，在这种状态下的生命是无法获得满足和健康的，因为人的天性就是只有在达到生命个体自我满足的前提下才能获得内心的宁静与平和。显然，工作除了养家糊口，还承载着我们深层次对自我价值实现的功能，我们希望在任何一种关系中获得对方的尊重、他人的认可与接纳。在漫长的一生中，我们大约有几十年的时间需要工作，可见找一份自己喜爱的工作，进入自己喜欢的领域有多么重要。

如果你在一份工作中没有可持续性的安心，每天早起被闹钟叫醒后，一想到要挤入早高峰的洪流去工作就十分抗拒，那么这份工作一定不是你的热爱，而且它已经有很多地方满足不了你的内在需求，你只是不得已硬着头皮去上班，这样的工作迟早不是你主动辞职不干就是公司会辞退你。中国北方的乡村盛产驴子，早些年村民们都习惯用驴来推磨。由于怕它懒惰，不肯出力，人们想了个办法，先把驴眼蒙起来，不许它乱看，又用一些香喷喷的芝麻酱或是花生酱抹在驴鼻子上面。驴闻到香味，以为前面一定有什么好吃的食物，就拼命出力往前冲，可是转了又转，只闻其味，不得其物。作为现代人的我们大多数也和这只驴子一样，在世上追逐这个、追逐那个，以至终有一天因为一个意外突然停下奔跑的脚步时，才发现一直是徒劳空跑。所以当你在每天开始奔跑的生活中觉得疲倦或者力不从心的时候，一定让自己稍稍驻足一下，整理下思绪，明晰自己奔跑的目标。不论是近期还是远期目标，只有看得清晰，你才会奔跑得更有把握、更有信心。否则的话我们只能像蒙着眼睛奔跑的驴子那样盲目地在原地转来转去却没有任何进步。同样，我们更不应只是为了糊口急着去找一份工作，而是在找工作前根据自己的性格爱好、专业能力、工作经验、未来规划进行综合的评估考量，在具有职业优势的领域中选择自己一生想要从事的岗位，并深入地做下去。

你可能会问："在我没有得到一个岗位之前，我怎么知道我会喜欢这个岗位呢？"的确，找一份喜欢的工作并不容易，有数据表明，人的一生中基本会换 7—10 次岗位或工作，特别是刚进入职场前两年的年轻人，频繁地更换工作很是普遍，这也是年轻人对自己职业生涯初期的探寻过程，这个过程会让我们对真正的职场有最直接的感性认识，进入职场文化，了解职场规则，累积专业技能，经营职场关系，是个不断的试错和纠错过程。英国物理学家、电子的发现人汤姆逊由于"那双笨拙的手"，在处理实验工具方面感到很烦恼，因此他的早年研究工作偏重于理论物理，较少涉及实验物理，他便找了位在做实验及处理实验故障方面有惊人能力的年轻助手，这样他既避开了自己的缺陷，又能集中精力努力发挥自己的特长。科学家珍妮·古多尔清楚地知道，她并没有过人的才智，但在研究野生动物方面，她有超人的毅力、浓厚的兴趣，而这正是干这一行需要的。所以她没有去攻读数学、物理学，而是进到非洲森林里考察黑猩猩，最终成为动物科学家。所以，每个人都应该努力根据自己的特长来设计自己、量力而行，根据自己的环境、条件、才能、素质、兴趣等确定职业方向。要知道，懂得与自己和解的人不仅善于观察世界，更善于观察自己，了解自己。与其坐在那里不断地哀怨命运的不公、抱怨生不逢时，不如尽早着手制定自己的人生规划，从事你最擅长的工作，慢慢累积经验和成绩，你就会越来越接近自己想成为的样子。

一旦经过了这个必要的过程，我们往往就会逐渐在一个领域中稳定下来，开始深入的专业技能沉淀。通常来说，当我们在一个领域中持续工作 10000 个小时以上，就可以达到专家级别的水平，我们获得的报酬也会随着在这个领域专业水平的提升不断增加，也就是说，你会创造更高的价值，获得更多的专业认可，成为一个组织的中坚力量，甚至不可或缺。很显然，这个时期的你已经超越了基本的生存阶段，并因为可持续的良好的经济收入为自己创造了一定的安全感，同时受人尊重，被人认可，还有可能通过这份职业找到真爱，进而收获自己想要的生活，成为自己满意的样子，完成与自己和解并收获持久的幸福人生。

这样分析下来，你就会懂得最初父母或者老师为什么一定要坚持在我们没成年之前帮助我们完成必要的教育，不停地叮嘱我们努力学习，进入大学获得学历和学位。因为，一份好的职业是我们通向幸福圆融的人生的保障，它远远不止赚点钱那么简单，那么肤浅。

所以，找到一份喜欢的工作并坚持下去吧。

面包会滋养梦想，梦想让面包升华

理解了一份工作存在的意义和价值之后，另一个新的问题又出现了，那就是如何平衡梦想和现实之间的差距，也就是平衡基本生理需求和自我超越需求之间的差距。很多时候我们之所以内心躁动，青春热血无处倾洒，激情梦想难于安放，是因为从面包到梦想实现之间还有漫长的距离需要我们去探寻和丈量，当我们意识到这段漫长的距离有可能需要我们用一生的时间去完成时，很多人会颇受打击和挫折，很多人在这场探寻和丈量之旅中完全屈服于了每日面包的现实，但也有很多人在赚取面包的同时，一直懂得最终能让我们与自我和解之时，是在我们自我超越的需求被满足之时，懂得只有在上升到这一层次之后才会获得真正与自我的和解之道。

村上春树在成为职业作家之前，为了生活开了家叫彼德猫（Peter-cat）的咖啡酒吧，早出晚归。酒吧一开就是 7 年，直到他写出了《且听风吟》，获得了日本当年的群像新人奖，从此让他下定决心关闭咖啡酒吧，专心从事文学创作。周杰伦很小就有非常棒的音乐才华，但是毕业于淡江音乐中专钢琴系的他，毕业以后的第一份工作并不是去酒吧唱歌，而是在餐馆做了一个端盘子的打工仔，先赚面包，边打工边打磨自己的音乐功底，直到有机会参加吴宗宪的节目，进入他的工作室开始谱曲。在他的谱曲没有任何歌手敢唱的情况下，他录制了自己的第一张专辑《JAY》而一发不可收拾后，才彻底走上了专业的音乐发展之路。李开复老师毕业于卡内基梅隆大学的计算机系，博士毕业以后他也并没有直接去创业，而是先在大学里干了两年的助理教授，让自己的家庭稳定下来后才有机会接到苹果公司的邀请，加入了多媒体部。这样的例子不胜枚举，不难看出，那些最终与自己内心需求和解，拥抱到了梦想的人都有一个平凡的开始，但他们的内心深处一直没有放弃自己的梦想，用踏实、勤奋的努力赢得了时间的助力，一步步靠近理想的圣殿，最终完成了从赚取面包的基本生理需求的满足到自我超越的实现，获得了期待的人生境界。开咖啡酒吧的经历不仅让村上春树有了面包，酒吧里来来往往的客人也为他日后的文学创作积累了大量的素材；餐厅服务员的工作并没有消淡周杰伦的梦想，在用面包填饱肚子的同时，他勤于在音乐之路上学习和创作，最终成为了集作词、作曲、演唱、伴奏于一身的全能音乐王子；助理教授的岗位同样给了李开复坚实的生活保障，在生活状态稳定之后，他更安心于提升自己的专业能力，探索信息科学最新前沿技术，最终获得了苹果公司的橄榄枝，实现自己的梦想，与更优秀的人和团队合作，走上自我创业之路。如果有机会让他们的同龄人一起坐下来，我们来问这样一个问题："你 20 岁的梦想 40 岁的时候还在吗？"相信很多人都会唏嘘不已，有多少人不是没有梦想，而是不知不觉中放弃了梦想。

众所周知的塔莎奶奶出生在一个优渥的家庭，母亲是肖像画家，父亲是个飞机设计师，而她却对画画、大自然和农场情有独钟。15 岁的时候塔莎毅然地放弃了学校的学业，开始了自给自足的农业生活，并且开启了画儿童插画的生涯。23 岁发表了处女作后，她一发不可收地画出了 80 册以上的绘画作品，并获奖无数，深深地影响了无数孩子的童年，让他们始终对人生葆有希望，去勇敢追寻自己的梦想生活。57 岁时，塔莎开始构想营造更广阔的庭院结构，她搬到了美国东部的一个小镇，置下 30 万坪的土地，从此开始了愉快惬意的田园生活方式。她的家里装饰构造全部是 18 世纪的风格，除了画画写书，种花种草种果树，她还做很多的手工活，纺线织布，做玩偶，用山羊奶做奶酪，自己做面包做果酱，每天和心爱的狗、鸟一起生活。美丽优雅的塔莎奶奶于 2008 年离开了这个世界，享年 92 岁。她的经历成为无数向往自由、健康田园生活的人的梦想和楷模，她本人也成了田园生活的一个符号和代表。

我们不难看出，任何人任何时候都可以葆有自己的梦想，任何时候开启梦想都不为迟，且也不需要我们有多么丰富的经历，多么高的学历和学识，但前提是在维持基础的生存之后，用自己的耐心、毅力与时间做朋友，通过踏实勤奋的努力坚持自己的梦想，平衡赚取面包和葆有梦想之间的差距，一步步接近梦想，直至最后梦想的实现，没有面包的梦想是空想和幻想，没有梦想的面包是干瘪无味的面包，只有当我们懂得将梦想和面包结合在一起，坚定地走下去的时候，我们才踏上了与自己的和解之路。

想体面地与世界和解，请先让自己变得足够体面

懂得与自己和解的人首先会让自己从内至外成为自己喜欢的样子。想象一下，我们的面前放着面镜子，你希望看到镜子中的自己是什么样子的呢？或者如果你是自己的父母、老师、朋友或上司，你想看到一个什么样的孩子、学生、朋友或是下属？你希望看到一个清爽干净的人还是一个邋遢、无精打采的人呢？你希望看到一个腹有诗书气自华的人还是看到一个虚荣媚俗的人呢？相信我们都愿意选择前者。清爽干净、举止得体既是一个人外表的名片，也是一个人长期养成的良好习惯和自我修养的内部映射。歌手李健，每次出现在观众面前，总是一身的清爽，他的歌声一如他的外表清澈干净，宛如从他内心中流淌出的一股股清泉，令人沉醉，让人难忘。《一生有你》《传奇》《中学时代》《贝加尔湖》，一个清华大学电子工程系毕业的高才生用一曲又一曲干净清爽的歌曲成就了最好的自己，也治愈了千百万听众。李健的清爽干净来自他文艺世家的熏陶，从小的耳濡目染，来自清华园的学术书香以及他自身修养的积淀，他宛如音乐人领域的一股清流，入江海而不浊，进凡尘而不缀，除了致力于喜爱的音乐事

业，闲暇之时的他过着简单而富有情趣的生活，饱读诗书，滋润心灵，做到了从内而外的干净清爽。一个内心繁复、阴暗晦涩、灵魂无趣的人是无法创作出那么多高水准的奇音妙曲、清丽动人的歌曲的，同样，如果一个人没有温暖、干净的灵魂，他的歌声更是无法打动他人，引起共鸣的，也就谈不上观众对他的认可和尊重。

清爽干净不仅仅是指一个人的外在，更与一个人的内心有着直接的联系。一个人外在形象再好，如果一开口就很粗俗，那么他也不会赢得外界的认可和尊重。宋庆龄是一位广受尊敬的女性，人们对她的第一印象就是：干净得体。会见客人时，她总是一袭素雅的旗袍，挽着传统的中国式发髻，没有过多的脂粉和珠宝，却显得格外美丽大方。美国记者埃德加·斯诺曾写道："她身穿色调柔和剪裁合身的旗袍，打扮得很是整洁，乌黑发亮的头发往后梳着，在脑后挽成一个髻，秀美的脸庞宛如浮雕像。"另一位美国记者安娜则说："孙中山夫人宋庆龄是我在世界任何地方认识的最温柔、最高雅的人。她身材纤细，穿着洁净的旗袍，善良而且端庄。"宋庆龄几十年如一日的干净优雅，不仅征服了国人，更让许多外国友人看到了中国女性的魅力，宛然成为东方女性之美的代表和符号。而这种外在的气质同时也是她内在修养的映射。她出生在牧师兼实业家的家庭，在上海中西女塾（今上海市第三女子中学）高中毕业后，14岁时便赴美国留学，于历史悠久的、位于佐治亚州梅肯的卫斯理安女子学院获得文学系学士学位。这之后，饱受中西文化与人文精神熏陶的她便追随孙中山先生一路为祖国的独立、自由、民主而奋斗，被誉为"国母"。我们大多数人都无法有宋先生这么好的出身和条件，但我们可以通过向那些言谈举止得体、清爽干净、心灵美好的人学习，通过良好习惯的养成，通过阅读大量优秀的经典培养自己的得体。

　　清爽干净的人也是非常自律的人，这样的人有着良好的生活习惯，做任何事都会有一定之规和底线。中国现代教育家张伯苓一直坚持"一衣不整，何以拯天下？"他曾强调："人可以有霉运，但不可有霉相。越是人生低谷之时，越要面净发理，衣整鞋洁，让人一看就有清新、明爽、舒服的感觉。"如果我们想要体面地获得一块面包，先要懂得让自己看上去足够体面。如果你是公司的老板，你希望聘用一个注重职业形象，专业能力、解决问题能力、沟通能力强的人呢，还是一个不拘小节、事事需要指令、不肯多做一步的人呢？相信我们都会选择前者。从社会对职业人的要求看，一个人不论多有才华，专业能力多高，但没有人有义务透过你邋遢的外表去发现你内在的优秀，清爽干净不仅仅是一个人的外表展现，它更是一个人精神面貌的折射，是一个人深层次的修养体现，也是你从事领域的外显，同行会通过你干净得体的外表、适度的言谈举止判断出你的专业水平。根据英国著名形象设计公司 CMB 对 300 名金融公司决策人的调查显示，成功的职场形象塑造和保持是获得高职位的关键。另一项调查也表明，职场形象直接影响收入水平，那些职场形象好的人平均收入要比同级别的职场人高出 14%—16%。很多需要面对不同人群的职业往往对从业人员在服装、言谈举止上有着清晰的要求标准。比如，一个高级理财规划师、专业的管理咨询顾问、地产或保险经济人，我们无法指望一个邋遢的理财规划师会给我们提供规划明晰的理财产品，为我们设计出清晰的财务规划，助我们早日实现财富自由，而对像设计师这类相对需要创意和自由的职业人来说，清爽干净是基础，其次才是富有个性和特色。

从今天起，做个干净清爽的人。有着干净、清爽的外表，培养干净、清爽的内心，持有干净、清爽的价值观，像《正青春》里的章小鱼一样，虽屡遭挫折，但依旧对职场怀着热忱的信念，就算有捷径在前也秉持公平公正的职场原则，靠自己的努力实现自己的理想，像林睿一样不盲从、不顺从桎梏，在职场道路中保持自信并持续成长，走出一条职场差异化的表达之路。在自己人生的职场中抱持独立自主、奋勇向前的态度，展现一个生命个体深层次的文化内涵与社会责任感，在超越自我的层面上，内心有理想，面容有阳光，用干净清爽的身心与自我和解，因为干净、清爽的奋斗而永远正青春。

第二章

我们是谁，从哪里来，到哪里去
——与原生家庭及自我和解的智慧

健康情绪不是指时刻处于阳光状态，而是你所表现出的情绪应与你所遇到的事件呈现出一致性。所以，当你的情绪体验符合客观事件时，第一时间暗示自己：我现在的情绪是正常的，这样暗示，情绪张力就会下降，内心自然恢复平静。很多时候人的痛苦并不是来源于情绪本身，而是来源于对情绪的抵触。我们之所以说"表达情绪"而不是"发泄情绪"，就是不希望给情绪的抒发扣上负面的帽子。"发泄情绪"带有随意的意味，而"表达情绪"主要目的是希望别人了解我们正处在某种不愉快的情绪中，期待别人的支持与体谅。如果情绪只能憋着而不能呼出，整个人的状态都将变得岌岌可危。除了以上这些，在日常生活中，营造积极健康的生活方式，也有助于我们的情绪管理。

回到原生家庭与自己和解

马斯洛的需求层次理论告诉我们，当我们最低级、最基本的需求层次获得满足后，我们就会进入第二个更高级、社会化程度更高的需求——安全感。安全感是对可能出现的对身体或心理的危险或风险的预感，以及个体在应对处事时的有力／无力感，主要表现为确定感和可控感。马斯洛认为，整个有机体是一个追求安全的机制，人的感受器官、效应器官、智能和其他能量主要是寻求安全的工具，甚至可以把科学和人生观都看成是满足安全需要的一部分。它包括人身安全、健康、资源财产、职业、家庭、道德等诸多方面和维度。安全感的高低是我们漫长人生中葆有健康稳定的情绪和幸福生活的基础。而一个人对安全感的形成和认知与其原生家庭有着密不可分的联系，就是我们常听到的那句"幸运的人用童年治愈一生，不幸的人用一生治愈童年"的内核所在。

对于那些从小生活在健康环境中的人来说，他们更容易从充满温暖和爱的原生家庭环境与文化中，在恩爱的父母身上、友好的邻里关系中、热情的亲戚往来中感受到安全和爱，及时获取到

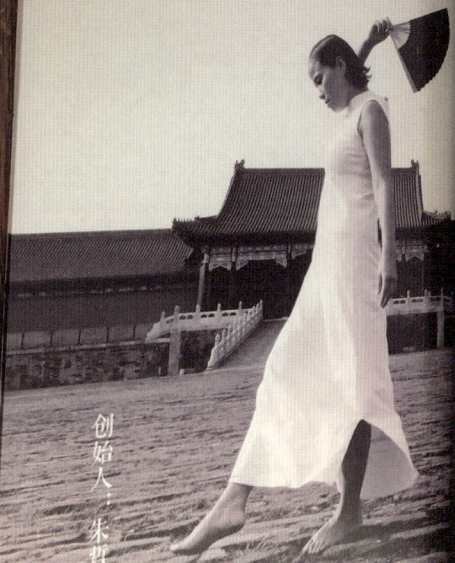

个体与群体的和解智慧——
我们都是乌合之众，但可以并不乌合地存在

马斯洛需求层次里的第二、三层次的满足感。和睦的家庭是孩子得以健康成长的最好的幸福花园。在这样家庭环境里长大的孩子会获得极大的安全感，他们对安全感的需求也能得到及时的回应，对不安全感的恐惧会得到及时的纾解。这种充满爱的环境，会让未成年的孩子们感受到在人与人链接过程中的友好、接纳和彼此尊重，这种潜移默化的影响会映射到我们日后对父母、伴侣、亲人、朋友、同事等不同关系里，在这种环境中长大的孩子也可以在无忧无虑中最大程度地发展自己的个性。遗憾的是，我们很多人并不一定有足够的运气会一直在这样的原生家庭中成长，家庭的变故、父母之间的感情、经济状况、家庭成员的健康都是我们无法控制和预测的，它的变化可以对一个家庭、一个人产生一生的影响。美国著名心理学家莫雷·鲍恩[1]经过大量的研究发现：家庭是一个生命个体最初人际关系与情绪管理模式建立的关键所在，并提出了原生家庭系统理论中的"三角化"概念及解决这一问题的自我分化能力的治疗方法，理论指出在原生家庭的亲密关系这个环节上，孩子与父母之间是"三角化"的关系，如果这个关系建立、处理得好，则会对孩子的成长产生正向、积极而有益的影响，相反，则会令家庭成员之间形成"慢性焦虑"，让整个家庭的情绪氛围处于极不稳定的状态，长此以往，则会对成长中的未成年人造成一定的影响和伤害，而这种影响和伤害可能会伴随未成年人的一生。

此外，原生家庭还会为一个生命个体提供"早期经验"。美

1.莫雷·鲍恩（Murry Bowen, 1913—1990），美国精神科医生，乔治城大学精神病学教授。鲍恩是家庭治疗的先驱者，也是全身治疗的著名创始人。

国著名的临床心理学家、职业辅导理论的奠基人安妮·罗伊曾经以孩子和父母之间互动的早期经验为依据，预测孩子日后的职业选择行为。这一理论被称为"早期经验理论"。通过大量实际案例的研究，该理论提出，个人的早期经验以家庭中父母管教态度的影响为主。而当我们成年进入社会后，我们所选择的工作环境往往会反映出我们儿时的家庭氛围。如果我们的家庭氛围（主要指的是父母的态度）是温暖、慈爱、接纳或过于保护的，即以孩子为中心的，那么我们会注重别人对自己的意见和态度，以保持彼此间的关系（非防御性），成年后可能会选择服务、商业、组织、文化和艺术娱乐类等跟人打交道的职业；相反，如果我们成长的家庭氛围是冷漠、忽视、拒绝或过度要求的，就会形成防御别人的心态（防御性），成年后可能会选择技术、户外、科学之类等跟事、物和观念而非跟人打交道的职业。

还有更多的研究表明：在原生家庭获得和感知的早期经验对我们日后个人家庭的组建，与伴侣之间亲密关系的建立、与我们自己孩子的亲子关系也有着密不可分的影响。显然，获得爱与安全感要远比获得面包复杂得多，它并不像一手交钱、一手取货那么简单、直接，而是一个涉及多个人与人之间的情绪流动、表达、感知、接纳抑或拒绝的复杂过程，稍不小心，可能就会造成持久的伤害和影响，进而阻碍我们对爱与安全感的获取和反馈，在这种机制与模式下，我们就很难谈到与自我的和解，甚至会影响我们对人际关系、职业选择、亲密关系等诸多关系到人生幸福因素的认知。所以，如何更好地与原生家庭和解是我们每个人都需要学习的一课，而这些又恰恰是我们学校教育中缺失的，几乎没有人给我们讲过原生家庭和我们之间的复杂关系，更没有哪门课程会告诉我们该如何与我们的原生家庭和解。

有兄弟二人住在同一间屋子里，由于卧室的窗户整天都是密闭着，他们觉得屋内太暗，看见外面灿烂的阳光，便十分向往。兄弟俩就商量说："我们可以一起把外面的阳光扫进来些啊。"于是，兄弟二人拿着扫帚和畚箕，到阳台上去扫阳光。等到他们把畚箕搬到房间里的时候，里面的阳光就没有了。这样一而再再而三地扫了许多次，屋内还是一点阳光都没有。正在厨房忙碌的妈妈看见他们奇怪的举动，问道："你们在做什么？"他们回答说："房间太暗了，我们要扫点阳光进来。"妈妈笑道："只要把窗户打开，阳光自然会照进来的，何必去扫呢？"这个故事告诉我们如果你希望从世界和人群中收获温暖和阳光，满足对爱、安全感和被尊重的需求，需要先将自我封闭的心窗敞开，生命里原本的阳光一直就在那里，只要我们敞开心灵之窗，窗外的阳光自然就会照射进来。与原生家庭的"和解"的前提是打开那扇自我封闭和防御之门，向内观照我们的内心，看看有哪些与原生家庭之间的问题是我们一直在回避和难以解决的，又为什么会这样？我们该怎么做才能解决这些问题呢？当我们思考并开始尝试着回归到我们的原生家庭时，我们才真正地打开了与自己和解的那扇窗，让和解之光照射进我们的内心。

看见原生家庭中的"自己"

在与原生家庭的和解之路上，首先要看见"自己"，去看见那些在我们成长过程中被家庭成员所忽视、所鄙视的欲望，好好地思考下，你那些曾经为了讨父母欢心、认可和赞誉而违心做过的事、说过的话，想一想如果现在你面对同样的境况时，你会怎么说、怎么做，你被忽略的感受在哪里，你期待当时的父母该如何与你沟通或是评价你？那么他们为什么没有那么做而导致了你的压抑和焦虑？是否为了维护与父母的良好关系或者为了让他们高兴促使你慢慢隐藏了那个真实的自己？他们有哪些行为是你不赞同的但却没有更好的办法改变？当我们能够找出自己曾被压抑的情绪甚至是不愿揭开的伤疤，看到自己真实的感受而不是父母和社会的要求，并且承认这个事实时，我们就正在进行自我的和解与治愈。

其次，实现与原生家庭和解的有效办法是提升自我分化能力。自我分化也称为自我分辨、自我辨别，可以从内心分化层面与人际关系分化层面来界定自我分化。在内心层面上，自我分化是指个体将理智与情感区分开来的能力，即在某个特定的时刻个体是受理智还是受情绪支配的能力。在人际关系层面上，自我分化是指个体在与人交往时能同时体验到亲密感与独立性的能力。自我分化的核心是一个人能够不断地与原生家庭的父母进行情绪上的分离，鲍恩用"未解决的情绪依恋"来形容亲子之间的那种紧密的、完全共存的无法分离的低分化的依恋状态。自我分化良好的个体在与人相处时能够维持独立自主与情感连接的平衡。他们在与人相处时能够保持一个清晰的自我感，能够处理好"我"的位置，面对压力时也能够坚持自己的观点，而不去迎合他人的期望。因此，这样的个体在与人相处时能保持灵活的距离，能分化情绪和理智，坚持自己不被别人的感受所控制。自我分化水平较低的个体，其行为只能依据情绪反应，容易依赖他人，容易产生融合状态，在处理问题时极容易受外界的影响而缺乏理性的判断。尤其当面临压力时，自我分化程度低的人可能会采取两种极端的适应模式：一是回避他人，以避免因害怕失去自主性而产生的焦虑感；另一种是通过亲近、依赖他人，来减轻自己的心理压力。很显然，我们在处理与原生家庭的关系上，不断提升自我分化能力是关键。

　　事实上，鲍恩也是通过在与自己父母关系的重建中发现这个办法的。鲍恩年少时发现母亲总喜欢在他的面前抱怨父亲，这直接影响到了他对父亲的判断，他常常会被母亲的情绪带入并深受其影响，从一个独立的生命个体变成一个为了慰藉母亲需要去做判断和下结论的角色，以满足母亲在与伴侣的亲密关系里没有获得的满足。渐渐地，鲍恩开始有意识地进行自我分化，母亲每次与他抱怨父亲时，他开始尝试与父亲进行有效的沟通，并尽可能保持中立。在沟通中他渐渐发现其实父亲并没有意识到妻子对自己的诸多不满和期待，当父亲尝试做出一些改变的时候，母亲的情绪得到了安慰，焦虑程度降低，不断的尝试让鲍恩意识到在原生家庭这种"三角化"关系中，家庭成员之间因为无法选择的亲密性而常常被卷入不同的情绪怪圈中，对于自我分化能力较强的家庭成员来说，他们会很快清楚自己在这种情绪互动模式中需要做出的反应，而对那些自我分化能力较弱的家庭成员来说，就容易在家庭不良情绪和氛围里受到影响，形成"慢性焦虑"式的情绪互动模式，而当个体从原生家庭分离后，又会无意识地将这种模式带入自身的人际交往、婚姻家庭及亲子关系中，形成恶性循环。

　　在为我们熟知的电视剧《都挺好》中的苏明玉就是深受原生家庭"三角化"关系影响的角色，因为苏父无法满足苏母一心想要改变命运的需求，在一次与老同学的聚会上，苏母偶遇初恋男友以为能重拾旧情，攀援至大城市上海，改变自己的命运，怎奈发现已身怀丈夫的第三个孩子苏明玉，一方面苏母羸弱的身体不允许她堕胎，前任在这种情况下则不辞而别，苏母一心想改变命运的心思化为泡影，这让苏母更加满心地怨恨她眼中那个无能的苏父，进而将这种怨恨转嫁在明玉的身上。在明玉成长的岁月里，无论是在物质还是在精神层面上都没有获得与两位哥哥同等的待遇，是家庭"三角化"关系的直接受害者。未成年的明玉在高考志愿填报得不到母亲的支持后开始尝试与家庭的纠葛区分化，离家住校，进行情绪截断，形成物理和心理上的距离，避免自己再次陷入原生家庭所带来的压力、愤怒与焦虑中。但这种方式仅能在情绪上让自我分化能力弱的未成年人获得些许解脱，其逃避与否认的方式，却让明玉失去了解开未竟情绪与提升分化程度的机会。虽然进行了情绪截断，明玉在不断的奋斗中提升了自我分化能力，成为经济、思想、生活独立的成人个体，但明玉还没有完成未竟事务的化解——解开与原生家庭多年的恩怨情结，在情感上依然背负着对原生家庭的责任，这也是为什么我们能看到剧中明玉一次又一次冲在前面替原生家庭解决各种棘手问题却始终不能与原生家庭、与自己和解的原因。直到有一天她开始建立自己的亲密关系——与石天冬成为伴侣。石天冬不仅仅是个温暖的男子，温暖了明玉的胃，更温暖了明玉的心，他看见了明玉内心深层次的缺口和需求，通过一次次在同明玉一起处理与原生家庭问题的过程中逐渐帮助明玉认识到了她心里的症结所在，最终让明玉获得了家人的认可与道歉，从内在层面完成了明玉对原生家庭的自我分化与和解，打开心结，以健康的身心状态开始了自己的人生。

现在，既然我们已经意识到原生家庭对我们一生的意义和影响，我们就需要积极地面对，既不是回避也不应去抱怨。要知道，在我们的教育中，没有一堂专门针对原生家庭的课程和指南，我们的父母、父母的父母都是第一次做父母，除了从上一代沿袭来的经验和模式，他们也无从学习和选择。因此，他们在对亲密关系的处理上很难完美无瑕甚至是漏洞百出，懂得了这一点之后，我们就可以从自身出发，通过不断的学习和探索增强自我分化能力，从改变自己出发，尝试与原生家庭的和解，并在成年后在与伴侣亲密关系的建立过程中慢慢疗愈。要知道，能够勇敢地叩开原生家庭大门的你，已经迈出了与自我和解的第一步。

小空间里的大世界

　　莫雷·鲍恩让我们了解了自我分化能力在面对原生家庭各种问题时的作用。那么我们就来看看在不断与自我和解的学习之路上我们该如何提升这种能力。我们可以通过不断有意识的自我暗示和努力提升这种能力，也可以借助外界的环境帮助自己实践这种自我分化的能力，比如培养自己的兴趣爱好，减轻对父母或亲密关系的过度依恋，削弱自身过度参与父母、伴侣、朋友或孩子的生活，因此，不管你现在处于单身、离异还是同居的状态，都可以先尝试按自己喜欢的样子建设一个完全属于自己的空间。建造一个完全属于自己的空间并不是让你逃避与社会、家人、伴侣或朋友间的链接，而是在无处不在的人际社会中学会适度的自我分化，学会与各种关系保持适度的距离，学会与自己独处。每个生命个体都有一个隐形的让自己感觉舒适的界限，就算再亲密的两个人也是完全两片不同的叶子，很多时候，我们之所以会感觉到压迫、愤怒、焦虑，正是因为我们与他人之间的距离超越了令彼此舒适的"距离"，攻入了令对方舒适的区域里产生的张力作用，而建造一个完全属于自己的空间是让我们有意识地建立这种边界感，这种完全属于自己的空间既是心理上的，也可以是实际生活中的，在这个完全属于自己的空间里，你可以做真实的自己，任思绪天马行空，做自己喜欢的任何事，既不干扰他人，又可以获得相对的自由，这往往才是一个生命个体最舒展的状态。

1998至2017的20年间，作家、摄影师彭怡平[1]走访了日、中、法、越、古巴等52个不同的国家，带着相机走进了200余位女性的私密空间，从家庭、社会、阶级、种族、历史、宗教、文化等不同方面，探寻独立的空间对女性生活品质的作用。在这场行走中彭怡平发现：属于自己的独立的空间有助于培养个体情感与空间的链接，保有个体心理的自由和独立的同时，有助于健全人格的形成，保有一个生命的原始活力，有勇气和理智地争取更加独立的心灵空间，创造自己的生活轨迹，提升生命个体不依附于任何人和事物，培养平静而客观的思考能力。可见，独立自由的空间对每个人获得健康的身心，逐渐走向与自我的和解具有很大的作用和疗效。

色彩心理学家告诉我们，在独立空间的设计上，合理地运用色彩的装饰功能对人的身心释压也很有帮助，空间的色彩搭配与设计对人的身心也有着不同的影响和治愈功能。橙色能产生活力，诱发食欲，也是暖色系中代表健康的颜色，它也含有成熟与幸福之意。所以，对于食欲不振的人来说，可以适当地在餐厨区点缀些橙色；而绿色是一种令人感到稳重和舒适的色彩，具有镇静神经、降低眼压、解除眼疲劳、改善肌肉运动能力等作用，自然的绿色还对晕厥、疲劳、恶心与消极情绪有一定的舒缓作用，

1.彭怡平（1966—　），台湾女性艺术家、摄影师、作家、策展人、纪录片导演、影评人。现任风雅堂艺术总监。

对于平日工作忙碌、压力大的我们，可以在客厅区域考虑绿色的主旋律；蓝色是一种令人产生遐想的色彩，另一方面，它也是相当严肃的色彩，具有调节神经、镇静安神的作用。蓝色的灯光在治疗失眠、降低血压和预防感冒中有明显作用。有实验表明有人戴蓝色眼镜旅行，可以减轻晕车、晕船的症状，显然，对于那些比较焦虑、爱发脾气的人来说，在卧室里选择蓝色的装饰是比较科学的选择，而黄色是人出生最先看到的颜色，它之所以显得健康明亮，因为它是光谱中最易被吸收的颜色，所以我们可以考虑将这种色彩运用在办公读书区域。

此外，在居住空间里科学地摆放绿植不仅能为我们的生活居住空间增添生机，也具有一定的治愈功能，如仙人掌、仙人球可以吸收二氧化碳，释放氧气，茉莉花可以散发出具有杀菌作用的挥发油，吊兰、芦荟则可以吸收室内的甲醛，保持室内空气的清新、健康。你还可以选择像龟背竹、琴叶榕、鸭脚木等容易培植的大型绿植，它们不仅可以清除室内空间的大部分有毒空气，还可以让你的居住、办公空间有些文艺气息，无论是在卧室、书房、客厅、厨房，你都可以放上一两盆，你会发现它们会顿时提升空间的美感和元气。舒适的空间当然更少不了舒适的家具和我们心仪的器物。在倡导自然主义的今天，我们可以考虑选择些原木家具，原木家具会让我们更接近自然，配上各种治愈的绿植和色彩，仿佛在负氧离子丰厚的原始森林里自由呼吸，这会令我们的身心得以放松；而那些既有颜值又好用的器物则是我们日常生活里温暖的陪伴，书房里一个可爱的马克杯，一支书写流畅的钢笔，一个精美的日记本，一个光线让眼睛舒适的台灯，客厅书架上一个旅行时淘来的小瓷器，沙发上一个可爱的小玩偶，厨房里一个可以温暖我们肠胃、色彩艳丽的珐琅锅，一个可以让我们随心所欲做出各种甜点的烤箱，咖啡角里一台颜值和实用功能强大的咖啡机，手冲壶，装咖啡豆的可爱的小罐子……当我们在外面的世界紧张忙碌了一天，抑或受到打击满腹委屈无处可去，回到一个完全属于自己的空间泡一壶热茶，听一段舒缓的音乐，读一本自己喜欢的书，和好友煲个电话粥都是这世间最好的治愈良方，它会为我们遮风挡雨，亦会给我们阳光空气，还会将我们暂时与尘世的喧嚣隔离，让我们向内参悟反省，安静地面对一个真实的自己，教我们在宁静中梳理自己的情绪，当我们再次推开门的时候，面对外面的世界与人群时，我们已元气满满，充满勇气。

可见，独立的居住空间对一个人获得自在舒适的生活状态，拥有健康的身心是多么重要。初涉社会的我们或许还没有足够的经济能力买套自己心仪的房子，要么还暂时落脚在原生家庭，要么会随着工作的地点辗转租借房屋，很多人内心便总想着房子反正不是自己的，对付住到买房子之前就好。殊不知，房子可以是借来的或者是租来的，但你的生活、心境、身体却不是，每一天对付的生活，其实就是在对付自己。一个懂得与自己和解的人是很有边界感的人，也是一个主动与外界保持适度距离，有着较好自我分化能力的人，无论是在物质上还是在情感上都可以独立的人，他们懂得随时会在内心和生活中打造和建设独属于自己的空间和世界，懂得善待自己，因为他们知道这是在为与自己、与世界和解助力、加油。

在身体和心灵上与世界保持舒适的距离

距离产生美不仅是生活哲学，也是人际交往科学，它有着相应的心理学、行为学及跨文化的知识内涵。如果说自我分化从另一个角度讲也是在心理上保持与生命个体间适度的距离，那么拉开这种人与人之间身体上的距离则是另一种保持舒适的方式。近年来，我们在车站、银行、售票处等公共场所排队的时候总能看到一米距离的提示线，提醒我们与他人尽可能保持这个距离，或许，你会觉得在银行办理业务，这样的距离是为了避免我们无意识看到陌生人的隐私，上车排队时这一米的距离是为了控制不会产生拥挤，而科学研究告诉我们，这一米的距离首先是令人彼此感觉安全舒适的分界线，也就是我们平日里常说的距离产生美。

美国小爱德华·霍尔博士[1]是人类学教授、跨文化传播研究的先行者，经过多年的研究，他发现人与人之间的距离可以分为四

1.小爱德华·霍尔博士（Edward Twitchell Hall, Jr., 1914—2009），美国人类学家和跨文化研究者。人们记住他是因为他发展了个人空间的概念，探索了文化和社会的凝聚力，以及描述了人们在不同类型的文化定义的个人空间中的行为和反应。

类：亲密距离、个体距离、社交距离与公众距离，其中亲密关系中如伴侣、父母与孩子之间令彼此感觉安全和舒适的范围是 0—0.45 米，不同个体间保持安全和舒适的距离为 0.45—1 米之间，社交的适度距离范围在 1—3.5 米之间，而公众距离的范围则在 3.5—7 米之间，也就是说，那些打破这个不同关系中距离范围的举止和接近都会让对方感觉到压迫和不安，反之亦然。比如，在亲密关系中，伴侣们彼此间保持在 0—0.45 米的距离范围之内时会令对方感觉到安心、温暖和治愈，父母和孩子互相依偎会令孩子有安全感，如果亲密关系长期得不到这个距离内的接触，比如亲吻、拥抱、依偎，就会让人产生生理的不良反应，甚至是相应情感的缺失。全世界最注重个体之间距离的是芬兰人，如果我们到芬兰这个国家，除了对它的干净、美丽印象深刻外，对它人与人之间的距离文化也会过目不忘。在公共场合下，你会看到人与人之间始终保持着明显的距离，有统计说这个距离可以达到 1.79 米。通常情况下，陌生男子不会主动与女子打招呼；在车站等车的时候，人们会按 1.5—2 米的距离依次排开，即使下雨、下雪也不会挤进一个站台。有个芬兰的笑话，夫妻二人计划一起出门逛街，丈夫先下楼到院子里等着化妆的妻子，可是左等右等不见妻子下来，他给妻子打电话问道："还没有化好妆吗？"妻子在电话的另一头小声地回答说："不是的，是邻居一直在过道里站着打电话，还没走过去。"可见，芬兰人对彼此间的距离有多么在意。

霍尔博士还发现，这些距离会因为文化的差异而有所不同，文化层次越高的人越注重个体之间的距离，且在跨文化层面之间很难融合。我们可以这样来理解，即文化层次越高的人对自我的独立性需求越高，无论是在社会学、心理学、生理学等各方面都有着更深刻和理性的认知，同时，他们有着更独立、更丰富的精神需求，这个群体比文化层次低的群体有着相对高的社会地位，他们需要与同伴保持相应的距离去维护令本我舒适的状态，更懂得通过对人与人之间距离的掌握调整自我与个体、群体、社会的关系，维系平衡。而文化层次相对低的人恰恰相反，无论是在精神还是在物质层面，他们缺乏相对的稳定性，获得的社会资源有限，常常需要抱团取暖，互相依赖。这也是为什么我们常常会觉得在面对同样一件事情的时候，知识分子给人的感觉更为冷漠，而工人、农民却更为热情，事实上，这背后有着深层次的文化、社会、心理和生理因素的差别。此外，社交与公共距离的范围也会受跨文化影响而变化，两个芬兰人之间会因为一个人有意向另一个人靠近而刻意拉开感觉足够舒服的距离，而意大利人或者两个美国人则会恰恰相反，这与意大利和美国的热情、包容、开放的文化不无相关。

前面我们提到的自我分化的能力其实也是指掌握个体与个体心理之间舒适距离的能力。很显然，身体的距离我们看得见，甚至可以通过公共场合下那些一米的距离线强制形成习惯，而保持彼此间心理舒适的距离则要难得多，它需要我们不断学习、练习以及心理暗示和重建，很多时候还需要借助外在的力量，比如专业的心理咨询和治疗。读到这儿，大家或许已经开始意识到与自己和解的过程是个观看外部因素、看见内在本我、坚持自我反思和学习的过程，更是一个逐渐改变自己的过程，不要害怕这个过程的艰难和缓慢，我们可以掌握的一个最基本的原则就是，与这个世界和我们周围的任何人保持舒适的距离，这个距离的前提是需要你自身觉得舒服，没有任何的压抑、压迫、被绑架的感觉，不要因为亲情、友情、爱情而让自己处在不舒服的距离里，并且在当你第一次觉得不舒服的时候告诉对方，让对方了解和知道你的感觉，不要害怕失去什么，相反，真正爱你、在乎你的人会更了解你，知道让你舒服的边界线在哪里，知道该如何与你相处，这反而会促进你与他人的和谐，更快更好地与自我和解。

挪威狭湾的治愈力

当我们逐渐懂得自我分化能力的重要性后，就可以有意识地去运用和实践它。开始慢慢与他人和周围的环境保持让自己舒适的距离，你会发现那些过去困扰你的人和事儿会逐渐在减少，你有更多的时间将精力集中在想做的事儿上，去见想见的人，过自己想过的生活；你周围的物理空间也在变大并不再像以往那么喧嚣和吵闹，你甚至可以听到自己心跳的声音。相反，一个长时间身处喧嚣环境里的人会受到来自多方面的干扰，要知道超过人体能够承受的噪音会让人在视觉、听觉、神经上产生生理疲劳的同时，还会让人产生心理上的焦虑和烦躁。

适度的距离之所以产生美，是因为距离感让我们对除我们之外的生命个体保有新鲜感，规避人固有的喜新厌旧的本性，同时，适度的距离可以让我们自身得以沉静下来，对周围世界的感知力增强，所谓静水流深就是这个道理。挪威是个美丽的国家，去过挪威的人都知道，它最有名的风景都在狭湾，在那些著名之地，风景逶迤，群山环抱之下的狭湾湖面平静安逸，然而，在这些大面积的平静水面之下，是深达 1308 米的水下世界。挪威地

面包会滋养梦想，梦想让面包升华

细品一杯「生活」的苦咖啡

处斯堪的纳维亚半岛西部，有着世界上最长的 2 万多千米的海岸线，第四冰川纪的时候，这里覆盖着厚厚的冰川，经过冰川在山脉上长期的刨蚀和侵入，形成了大量的 U 型深槽谷，冰川退却后海水侵入，就形成了狭湾，其中最有名的是松恩狭湾。当你在这里的邮轮上随着峡湾沿线一路行走，看着两岸的悬崖峭壁，飞流瀑布，便会深深体会到大自然里的静水流深，体会到无声流逝的时光创造出来的自然奇观，就会懂得安静是多么强大的一种力量。

　　一个适度与他人和世界保持距离的人内心会趋于平和，获得来自安静的力量。诸葛亮在他的《诫子书》中说，非淡泊无以明志，非宁静无以致远。在刘备三顾茅庐之前，他一直淡泊名利，隐居南阳，怀才于身，静候明主，虽然天下群雄辈出，但他却不被纷繁的世事与天下的争端扰乱心智。为了真正成大业，他平静地等待，甘于寂寞，甘于暂时的无名，在悠然吟唱梁父吟的日子里韬光养晦，静待卧龙飞天的一刻，最终助玄德成就鼎立大业。生活在东晋将亡、故国南北分裂时期的陶渊明，被誉为中国"古今隐逸诗人之宗"、田园诗人的鼻祖。他不慕权贵，不恋权柄，毅然决然辞官而回家种地，"采菊东篱下，悠然见南山"，在静谧的回归自然的环境中自得其乐，活出了人生的另一番精彩。古老的西方谚语则说"安静是生命的皇冠"，可见，安静是一种可以让生命全然绽放舒展的力量，更是我们可以成为自己宇宙里国王的标识。贝多芬二十六岁时听力渐渐衰退，四十五岁时耳朵完全失聪，失聪的贝多芬是不幸的，他几乎与生动热闹的世界告别，听不到窗外的车水马龙、人生鼎沸，但他又是幸运的，在一个安静的世界里专心地创作，他一生创作题材广泛，重要作品包括 9 部交响曲、1 部歌剧、32 首钢琴奏鸣曲、5 首钢琴协奏曲、多首管弦乐序曲及小提琴、大提琴奏鸣曲等。因其对古典音乐的重大贡献，对奏鸣曲式和交响曲套曲结构的发展和创新，而被后世尊称为"乐圣""交响乐之王"，他为自己安静的世界创造出了狂风暴雨、鸟叫虫鸣，谱写了对生命的深刻认知，并为全人类留下了宝贵的精神财富。

可见，只有我们懂得了安静的力量且能自由地运用这种力量，才会真正成为自己王国里的国王，管理好自己的生命，与自己和解，收获静水流深的境界：洞察一切却不被矛盾束缚，不被各种困扰和欲望捆绑，拥有和谐的生命、长久的快乐与真正的自由。

生命的另一个我——情绪

在我们学着与自我和解的路上，学会管理和控制各种情绪是必修课之一。要知道，情绪有好有坏，那些好的情绪会让我们振奋、开心，而那些坏情绪常常会像一个充满负能量的人，在我们耳边喋喋不休，甚至会将我们打入深渊无法自控，当我们无法管理和控制好这些情绪的时候，我们的人生就会常常处于失控状态。

长期以来，因为在我们传统的家庭与学校的教育中缺乏对情绪管理教育的普及，导致我们对自己和他人情绪缺乏正确的认知，加上亚洲文化传统里的内敛与家庭成员之间的深度链接，很多人从小就开始压抑自己的情绪表达，兴奋的时候也会尽可能地保持低调安静，不开心的时候也要尽可能地一个人去消化。在日本，因为工作压力大，许多公司为了帮助员工解压，都建有专门的情绪宣泄空间，在这些空间里，员工们可以大吼大叫，戴上拳击手套击打沙袋或是去摔盘子。事实上，情绪是生命的一部分，是另一个"我"，它伴着我们从出生走向死亡，是任何人任何时候都无法回避和切割的。弗洛伊德经过长时间的研究发现，人是永远不可能用自己的理性去理解、指挥人类自己全部的情绪、情感以至于命运的。可见，情绪对我们人生的影响有多么巨大，我们无法仅仅靠理性去压抑它的产生和存在，更不能消灭它，而只能学习如何通过不同的方法与它相处，认识它，关心它，接纳它。

林肯就是个处理情绪的高手。一天，陆军部长斯坦顿来到林肯那里，气呼呼地对他说一位少将用侮辱的话指责他偏袒一些人。林肯建议斯坦顿写一封内容尖刻的信回敬那个家伙。

"可以狠狠地骂他一顿。"林肯说。

斯坦顿立刻写了一封措辞强烈的信，然后拿给总统看。

"对了，对了。"林肯高声叫好，"要的就是这个！好好训他一顿，真写绝了，斯坦顿。"

但是当斯坦顿把信叠好装进信封里时，林肯却叫住他，问道："你干什么？"

"寄出去呀。"斯坦顿有些摸不着头脑了。

"不要胡闹。"林肯大声说，"这封信不能发，快把它扔到炉子里去。凡是生气时写的信，我都是这么处理的。这封信写得好，写的时候你已经解了气，现在感觉好多了吧，那么就请你把它烧掉，再写第二封信吧。"睿智的林肯总统通过这个方式告诉斯坦顿，生气的情绪需要及时地疏导，但同时也需要掌握处理这种情绪的艺术。事实上，导致愤怒情绪的根本是我们的情绪受到了挫折，如果我们认识到这一点就很好办，一个受到挫折的人需要被安慰的同时也需要反思，同样，受到挫折的情绪也需要释放，但也需要处理情绪的技巧。

在管理心理学史上有个著名的霍桑实验。其一系列在美国芝加哥西部电器公司所属的霍桑工厂进行的心理学研究是由哈佛大学的心理学教授梅奥主持的。美国芝加哥郊外的霍桑工厂，是个制造电话交换机的工厂。这个工厂具有较完善的娱乐设施、医疗制度和养老金制度等，但员工们仍愤愤不平，生产状况也很不理想。为探究原因，1924 年 11 月，美国国家研究委员会在该工厂进行了一个谈话实验。此计划的最初想法是让工人就管理当局的规划和政策、工头的态度和工作条件等问题做出回答，这种规定好的访谈计划在进行过程中收到了意想不到的效果。工人想就工作提纲以外的事情进行交谈，他们认为重要的事情并不是公司或调查者认为意义重大的那些事。访谈者了解到这一点后，及时把访谈计划改为事先不规定的内容，每次访谈的平均时间从 30 分钟延长到 1—1.5 个小时，多听少说，详细记录工人的不满和意见。访谈计划持续了两年多，工厂的产量大幅提高。原来，工人们长期以来对工厂的各项管理制度和方法存在许多不满情绪，无处发泄，访谈计划的实施恰恰为他们提供了发泄出口。发泄过后，工人们心情舒畅，士气高涨。这个实验告诉我们，遵循人性，有效地疏导受到挫折、被忽略的情绪无论是对个人的身心健康还是对组织的管理都很关键。

随着当代人面临的学习、工作、人际关系的压力增大，因传统教育注重成绩轻视心理建设和情绪管理而导致越来越多的人患上了焦虑、抑郁、躁狂等精神类疾病且大有年轻化趋势，而当代社会环境中的激烈竞争、资源有限、贫富差距加大等因素又加剧了这种恶性循环：社会、工作环境中人际关系复杂，生存竞争压力巨大。美国研究者经过跟踪记录，发现因为无法排解的工作压力，每年大约有 750000 名美国人尝试自杀，约 100 万名员工因为压力大而缺勤，40% 的员工工作调动与压力有关。压力导致我们情绪感冒，而感冒的情绪在没有得到重视和及时的安抚和治疗之后继续恶化，最终让人患上了几乎不可逆转的各类精神疾病。事实上，压力的问题本身不是压力，是压力导致的我们身体和情绪长时间得不到休息和舒缓，最后造成极度疲惫的情绪崩溃。由此可见，学会让身体和情绪得以适度的休息和治愈，给其一定的恢复时间和间歇非常关键。可见，生活中处处需要我们懂得运用自我分化的技能，在情绪管理上，如果你的自我分化能力较强，就会及时有意识地让自己从一些导致负面情绪的压力中分化出来，并通过诸如登山、游泳、跑步、健身、打球等运动或通过吃顿美食、与家人朋友的聊天等活动进行自我治愈。

当我们先接纳了自己全部的情绪，而后学习和练习与各种情绪相处并能及时疏导它们的时候，我们就已经开始与自己的情绪和解了。

第三章

世界无限，是你的认知有限
——与世界和解的智慧

不是世界有限，是你的认知有限。当你还在抱怨自己出身平凡、没有资源的时候，当你还沉浸在自己的小世界里沾沾自喜、止步不前的时候，那些不断突破自己的认知、勇于实践尝试的同类已经振翅高飞，飞出草原，飞越高山，飞向大海，飞向戈壁。只有先奋力游出沟渠游到大海的鱼，海阔方凭鱼跃，也只有先跃出井口看到天空的鸟，天高方任鸟飞。

不是世界有限，是你的认知决定了你小宇宙的边界

有个叫阿巴格的人生活在内蒙古大草原上。有一次，年少的阿巴格和他的爸爸出游，不幸在广袤的草原上迷了路，历经了几天的寻觅和挣扎后，阿巴格又累又怕，就快走不动了，他绝望地要放弃自己的生命。这时候，爸爸从兜里掏出5枚硬币，把一枚硬币埋在草地里，把其余4枚放在阿巴格的手上，说："来到这世界上的人，每个人的人生都有5枚金币，童年、少年、青年、中年、老年各有一枚，你现在才用了一枚，就是埋在草地里的那一枚，你不能把5枚都扔在草原里，要知道草原外面的世界还很大，你的人生还应该去经历更多的事情，你还要走过更多的地方，你应该非常珍惜你人生的这五枚金币，一点点地用，每次都用出不同来，这样才不枉人生一世。今天我们一定要走出草原，你将来也一定要走出人生的每一片草原。世界很大，人活着，就要多走些地方，多看看，不要让你的金币没有用就扔掉。你更不能在困难和艰辛的环境下就轻易地放弃自己的金币，要知道你一旦放弃了它们，你就永远都找不回来了。"在父亲的鼓励下，阿巴格鼓足了勇气最终走出了草原。长大后，阿巴格离开了家乡，

他一直记得在那个绝望的日子里，父亲送给他的五枚硬币，他谨遵父亲的教导，在日后的人生岁月中善用了每一枚，最后成了一名优秀的船长。

认识自己，接纳自己，这是我们认识客观世界的前提和基础。也是马斯洛需求层次中自我实现的需求，而如何满足这种需求取决于我们对自我的认知和对世界的认知，你的认知决定了你世界的边界，如果我们一直像阿巴洛那样认为世界就是草原那么大，那么我们的一生就只会在草原那么大的世界里生活。所以当有人告诉你还有大海、湖泊、田野、森林，你自然会觉得那是痴人说梦，子虚乌有，不是认为这个世界有问题，就会认为别人疯了，而其实是你认知的局限性限制住了你的世界范围，这就好比不肯跳出井底的青蛙看到的天空只有井口那么大，而展翅在天空翱翔的鹰却知道天空大到青蛙无法想象一样。万达集团曾晒出王健林一天的日程，凌晨 4 点起床，健身 45 分钟，然后飞行 6000公里，停留两个国家三个城市，更可怕的是"他每天的日程几乎都这样忙碌"。2020 年，经大数据统计，我们很多人每天刷抖音、微博的时间平均在 100.75 分钟，已接近两个小时。有评论说："第一世界的人从一个社交场合到另一个社交场合，交换名片和资源，一刻也不得休息；第二世界的人工作之余，还要把时间用在技能培养和自我提升上；而第三世界的人在各种充斥着垃圾信息的互联网上度过，用廉价的食品喂饱自己，又用廉价的社交媒体把时间消耗掉。"这里的三个世界的人群很显然处在三个不同的认知层面，我们可以清晰地看到，处在不同认知层面的人之间行为的巨大差异。

我们无法去计划和主宰我们的童年、少年，而当我们有一天步入老年的时候，我们手里所能握到的只是人生的最后一枚金币，我们唯一能够把握和好好计划的就是我们的当下。因为我们可以通过善用人生的金币换来我们向往的生活，可以拥有一个完整而有意义的人生，更可以为自己富足、惬意的老年生活做好准备。所以静下来一段时间，可以为自己画一张地图，列出你想完成的每一个梦想或目标，想一想你现在还拥有几枚人生的金币，你想怎样去善用你的金币，投资你的生活，你又想拥有怎样的生活呢？认知层次越低的人越安于现状，对新生事物和变化持有怀疑和抗拒，相反，认知层次高的人乐于通过学习、阅读及与比自己优秀的人交流，更为开放、包容和谦虚，不断吸收新的知识和理念，扩大自己的认知宽度和广度，久而久之，这样的人会站得更高、看得更远，自然人生的地图和疆域也更为宽广。

不是世界有限，是你的认知有限。当你还在抱怨自己出身平凡，没有资源的时候，当你还沉浸在自己的小世界里沾沾自喜，止步不前的时候，那些不断突破自己的认知，勇于实践尝试的同类已经振翅高飞，飞出草原，飞越高山，飞向大海，飞向戈壁。只有先奋力游出沟渠游到大海的鱼，海阔方凭鱼跃，也只有先跃出井口看到天空的鸟，天高方任鸟飞。

王冠上的钻石和铺路的卵石

一颗失落的钻石躺在地上，碰巧被一个商人发现了。商人把钻石卖给国王，国王让人把它镶上金子，当作宝贝嵌在他的皇冠上面。这个消息传到卵石那里，令它十分兴奋。想到自己也许能这样平步青云，头脑简单的卵石心里真是欢喜。它看见一个过路的农夫，就把他拦住了。"喂，老乡！你再进城的时候，可得带我一同去啊！我处在泥泞和霖雨中，心里痛苦极了。据说我们的钻石名气已经很大，它能够享受荣华富贵，我实在弄不明白。这几个夏天它一直跟我一块儿躺在这里；它跟我一样，不过是块石子罢了，它还是我的老伙伴老朋友呢。你一定把我带去吧！他们肯定会给我个好差使的。"农夫把卵石放在车上，他们就立刻出发进城了。卵石在车子里滚来滚去，它心里想："就可以挨着我的朋友，挨着钻石，镶在皇冠上了。"然而卵石的遭遇却并不是它所指望的鸿运高照；它的确也用得其所，只不过是用来修补街道罢了。

一个人是卵石也好，是钻石也罢，既然上苍给了你生命，那也就应了那句天生我材必有用的古谚。如果我们曾经客观地评估了自己的能力和水平，那么经过我们的努力后，发现自己真的只是一枚普通卵石的话也不要有太多的失落，因为在这个世界上钻石之所以成为钻石，其数目的极少也是其中的原因，而我们自身的生活是否成功并不是通过你最终能成为一颗镶嵌在王冠上的钻石，还是做了去铺路的一颗普通的卵石所能评判的。而是当你回首生命的整个过程的时候，你是否在心灵上感觉到了满足和快乐，你是否珍惜了从你身边经过的每一次机会，善于向成功的他人学习，并真正勇敢地去尝试过，更勇敢地接受过真实的自己，并且能在接下来的日子中踏实地生活着，那么你就早已成为了自己王国里的那颗"钻石"。

正确地认识自己的含金量并身体力行更符合生命原本的自然规律，如果你能按照自己的天性去生活而不是误解成功就是成为高高在上的王冠上的一颗钻石，你才会生活得更加有自信。当你对自己更有信心的时候，你才会有满足感，也才会感觉到真正的快乐，否则如果在你还没有钻石骨血的时候你却硬要去做王冠上的主宰，那么你便会有身心疲惫的感觉，就算暂时有虚荣被满足的快乐，也不会有长久的内心平和，始终做不到与自己的和解。所以与其让自己做颗长久痛苦的钻石，不如顺应自己的天性，挖掘自己天性中的潜力，做颗快乐的铺路的卵石。

由此可见，想要真正与自我和解，拥抱更好的生活，首先是认识自己、接纳自己，让自己成为一个开放、包容的人，不断拓宽自己的眼界和格局。如何认知我们所处的世界，认识自己，更重要的是如何接纳真正的自己，这是摆在每一个人面前的重要课题。新精神分析学派代表之一埃里克森认为，自我同一性是"一种熟悉自身的感觉，一种'知道个人未来目标'的感觉，一种从他所信赖的人们中获得所期待认可的内在自信"。建立起自我同一性的人，对自己的过去、现在和将来会产生"内在相同和连续"之感，与外界社会之间也能取得协调一致，有可能去接受成年期的生活挑战，否则，就会产生角色混乱，不能正确选择生活角色。接纳自己是更重要的部分，即满意于自己有某些长处的同时，也要允许自己有很多不足的地方。当然，认识自己的时候，千万不要戴有色眼镜，觉得自己一无是处或者毫无缺点，显然都是非理性的。不可能有哪个人在各方面都非常完美，也绝不可能有某个人没有任何值得称道的优点。也没有规定说，必须要各方面都出类拔萃，或者至少有某方面必须优越于群体其他成员，才是一个有资格享有快乐的人。或许，一个积极进取、真挚善良、热情坦荡的人，即使没有什么过人的能力，但他的生活也会更充实快乐，并且有更多真正的朋友。

不要有"怀才不遇"的感觉，因为这只会让你固步自封。要知道，每个人都有比我们突出的能力和特点，并且这种心理上的暗示会让你更局限在生活中负面的东西，你会有更多的抱怨而不是积极的改变和内省，谨记处在复杂的人群中做你该做的事，就算是大材小用，也是快乐而充实的，没有小事和细节的长期积累，我们不会看到量变到质变的飞跃。

钻石有钻石的皇冠之路，卵石有卵石的铺路之旅。每个人都有自己独特价值，不嫉妒、不羡慕，活出自己的风景，走出自己的路。

在你奋力起舞之前，没人会为你搭建舞台

在你奋力起舞之前，没人有义务为你搭建舞台。因为，没人知道你会跳什么舞，你的舞姿如何，舞艺是否精湛，技压群芳，该如何为你搭建舞台，又搭建多大的舞台？

日本人种植一种叫"盆景艺术"的树，它虽然只有几英寸高，却有着漂亮完美的树形。在加利福尼亚，人们发现了一片高大的红杉树林，其中一种叫作"大谢尔曼"的，高272英尺，树围有79英尺，它被砍倒后，木料足够建35幢带5个房间的建筑。"盆景艺术"与"大谢尔曼"种子的质量都不足1/300盎司，但长成后区别却是巨大的。当"盆景"冒出芽时，日本人将它拔出泥土，除去直根和部分须根，有意抑制其生长，最后它就长成了一棵虽然漂亮但是很小的小型植物。而"大谢尔曼"扎根于加利福尼亚的沃土，吸收丰富的矿物质、水分和阳光，最后长成一棵高大的植物。"盆景"和"大谢尔曼"都无法选择自己的命运，但是我们可以，我们可以如己所愿成为大的"谢尔曼"或小的"盆景"。我们的自我意识，也就是你对自己的看法，将决定你走哪条路，选择权是你自己的。

常常听到有人抱怨说找不到合适的工作、合适的机会去实现自己的价值。要知道不是只有你一个人每天都有新的思路和点子，也不只是你一个人走在实现梦想生活的路上，不信你去问问周围的朋友或者仔细听听你周围的朋友都在谈些什么，你就会发现每个人都在寻找适合自己的舞台，走在寻找自我的路上。

在动物园里的小骆驼问妈妈："妈妈，为什么我们的睫毛那么长？"

骆驼妈妈说："当风沙来的时候，长长的睫毛可以让我们在风暴中都能看得到方向。"

小骆驼又问："妈妈，为什么我们的背那么驼，丑死了！"

骆驼妈妈说："这个叫驼峰，可以帮我们储存大量的水和养分，让我们能在沙漠里耐受十几天的无水无食条件。"

小骆驼又问："妈妈，为什么我们的脚掌那么厚？"

骆驼妈妈说："那可以让我们重重的身子不至于陷在软软的沙子里，便于长途跋涉啊。"

小骆驼高兴坏了："呀，原来我们这么有用啊！可是妈妈，为什么我们还在动物园里，不去沙漠远足呢？"

小骆驼的问题很有价值，既然自身的优势那么明晰，为什么不去远足呢？不是没有合适的舞台，而是我们还没有奋力地舞动起来，要知道，你做的每件事，努力的每一天都在为自己搭建那个梦想的舞台。所以你现在应该做的就是先停止抱怨，清理下你头脑中的想法，将那些需要你长时间累积才能达到的目标列入远期计划，而将那些你认为比较可行的想法列入近期计划，再从近期计划中选取凭借你目前拥有的资源最有可能实现的地方着手。

比如大学里你主修软件编程，而目前你认为你所在的地区关于电脑软件的培训市场还有相当的空间，你最希望先从建立培训学校开始入手，那么在闲暇的时间里，你可以开展对当地的市场调查，去已经开办的培训学校亲身体验它们的培训内容、管理运营模式、生源层次并与这些中心的负责人交谈，一方面从已有的培训中心中汲取它们成功的经验，一方面收集目前市场上随着各种软件的不断更新，职场对软件编写能力最新的需求；然后为自己的培训学校做出精准的定位，比如培训的主要对象、年龄段、具体的培训内容及有别于其他培训学校的突出特点；接下来你还要进行初步的场地选择、成本的核算、设备的安装，甚至是合作伙伴的寻找。

　　这样看来，即使是一个近期小目标的实现，也需要你前期进行大量的调查和准备工作。而一旦你的某个环节考虑不周或者做得不够认真，你就有可能功亏一篑。当你遭遇了几次失败后，你便又会对自己产生怀疑：这个领域或是舞台也许并不是最适合我的。所以在你决定开始搭建和寻找适合自己的舞台时，从一开始你就要做好长期的心理和身体上的准备，并且至少在心思上全力以赴，给自己一段足够的尝试时间，再决定自己所定位的舞台是否合适，包括自己是否能从其中的尝试里得到快乐和满足。

　　每一个人都需努力根据自己的特长来设计自己人生的蓝图、量力而行。根据自己的环境、条件、才能、素质、兴趣等确定行走的方向。不要埋怨环境与条件，而是努力寻找有利条件，不能坐等机会，要自己创造条件，拿出成果来，获得社会的承认后，才会继而陆续收获你想要的生活状态。懂得与自己达成和解的人

想与世界和解，请先与最好的自己相遇

不仅善于观察世界，善于观察事物，更善于体察自己，了解自己。而且他更知道，自己现在所做的每一件事，所走的每一步，每一种尝试都是正在为自己、为明天搭建那个可以自由起舞的人生舞台。

懂得在放手中与自己和解

峨眉山上的猴子很容易就会被山民捕到，因为猴子们都很贪吃，不懂得放弃。山民们只要在窄口的竹筐里放上猴子们爱吃的花生，一逮一个准儿。来吃花生的猴子先观察下四周的环境，发现没有人的时候就会立刻将爪子伸进竹筐，开始的时候会尝试着抓住几颗花生，边嗑着吃边观察着周围的动静。一旦它们发现周围的环境很安全时，它们伸进去的爪子就会越抓越多，直到抓着满满的一把无法从窄小的筐口抽离出来，也不懂得放掉几颗手里的花生。这时候山民就会从隐匿的树林中跳出来，将猴子一举抓获。很显然，贪婪和只顾眼前获得的利益让猴子们最终成为人类动物园牢笼中的表演者。很多时候，当我们紧握双手时，因为没有留有空隙，留有余地，我们握不住任何东西；而当我们试着打开双手，放下暂时的执念、不纠结眼前的利益，更广阔的世界反而会向我们靠近，它就在我们手中。同样，真正懂得与自己和解的人，在很多时候，为了追求更远大的目标，懂得必须先放下手中的那把花生，也就是眼前的利益。这不是冒险，而是我们愿意改变一些固有的思维和依赖，使自己更有弹性，愿意在尝试新的方法之前，先放弃眼前的利益。这就像下围棋一样，小的利益虽然放弃，得到的却是满盘终赢的结果。但如果想兼得"鱼和熊掌"，恐怕连鱼也得不到了。

在滑铁卢大战中，大雨造成的泥泞道路使炮兵移动不便。拿破仑不甘心放弃最拿手的炮兵，而如果推迟时间，对方增援部队有可能先于自己的援军赶到，那样后果不堪设想。踌躇之间，几个小时过去了，对方援军赶到。结果，战场形势迅速扭转，拿破仑遭到了惨痛的失败。拿破仑的失败足以证明：在人生紧要处，在决定前途和命运的关键时刻，我们不能犹豫不决，徘徊彷徨，而必须明于决断，敢于放弃。卓越的军事家总是在最重要的主战场上集中优势兵力，全力以赴去争取胜利，而甘愿在不重要的战场上做些让步和牺牲，坦然接受次要战场上的损失和耻辱。同样，在人生的战场上，我们也需善于放弃，将自己的时间和精力倾注于主战场上，而不必计较次要战场的得失与荣辱。在我们的学习生活中，学会放弃同样重要，苦读的阶段，当你路过篮球场或足球场时，看到别人正尽兴比赛，听到那欢快的笑声时，能不动心吗？但这时，我们必须做出选择：要么去燥热的教室里学习，要么在凉爽的绿茵球场上活动，斟酌损益，放弃后者而取前者，是因为我们知道一生的前途比短暂的欢乐更为重要。进入职场后，我们一样会面临着取舍，拿下一个重要的订单，涉及我们自身利益的同时，还涉及公司的整体绩效，但必须是每个订单都要拿下吗？有时候或许放弃一个订单会让我们赢得更多的尊重、更大的机会；到了恋爱的年纪，是不是我们就一定不能放弃那个各方面条件都很优秀，但却不适合你的恋爱对象呢？当然不是，恋爱本来是两个独立的生命个体彼此欣赏、彼此成就的过程，但当一场恋爱让你觉得不快，甚至是身心疲惫的时候，就应该彼此放手，而不应因为害怕离开对方或许就再也找不到比他或她优秀的人而继续纠缠，优秀不应该是我们选择伴侣的核心标准，适合才是，你和他在一起觉得舒适才是，只有旗鼓相当的爱情才会修成正果，陪伴你走完漫长的人生。

学会适时地放弃，并且敢于放弃，不要为一点利益斤斤计较。就算"鱼"与"熊掌"同等重要，在必须只能取一件时，勇敢地做出取舍。也不要怕选择错误，因为错误常常是正确的先导，它会教我们逐渐学会放弃和舍得，与不想要的一切做出断、舍、离的告别，离开你不喜欢的工作和环境，你才有机会找另一份喜欢的职业，告别不断伤害你、情感绑架你的人，你才有机会遇到懂得珍惜你、呵护你的人；舍弃那些无用的东西，你才会换来明亮、开阔的生活空间，让自己得以自由、顺畅地呼吸。与自己和解的人都懂得适度地学会放手与放弃，学会可以为了一棵树而放弃整个森林，这是一种人生智慧，也是与自我的和解。

尊敬对手的人才能成长

我们需要于自己成长有益的朋友，同样我们也需要于自己成长有益的对手。在我们奋斗的路上，往往是竞争对手为我们的成功起到了推波助澜的作用。这就是为什么每个出色的运动员都知道，提高自己竞技能力和技艺最好的方法就是与一个更出色的选手较量。朋友可以从感情上支撑我们渡过难关，而对手则可以从理智上、技能上带来最大潜能的激发。善用对手带给我们的激发，可以让我们学到成长的智慧和技能。

我们在情感上需要朋友，在成长上需要对手。有一个势均力敌的竞争对手，往往可以让我们获得持久的成长。孟子说："出无敌国外患者，国恒亡。"捷克作家卡夫卡说："真正的对手会激发你大量的勇气。"善待你的对手，方尽显品格的力量和生存的能力。学武的人，都要懂得睁大眼睛，看清楚别人的拳头和刀子是怎样舞动的。即使刀子最后刺进身体里，也一定要看个清楚。看清这一次，下一次就多一分保命的机会。在武的世界里，这是性命攸关的问题，不能马虎；在文的世界里，表面上看来，牵扯不到立即的生死，所以容易忽视这个道理。然而，注意对手的每一个动作，其道理是同样深刻的。

最好的学习方法之一，来自于和对手交锋时刻，这并不表示要故意等着被对手击中。最重要的，是在被击中的那一刻，千万不要因为痛苦、紧张、愤怒而乱了手脚。你要懂得在痛苦中品味另一种快感，终于有人放出你还无法招架的策略，你可以好好揣摩一下其中的奥秘。往往，伤得越重，你越有深刻的体会，越可能重新锻炼自己，改造自己。所以，我们被击中的时候，不仅要沉着，甚至要冷静到因为自己被击中而暗暗叫一声好。有时候，表面上看来，你从对手身上得到的学习机会没有那么直接、明显，其实，仅仅是承受他带给你的压力，就是很宝贵的机会，可以对你的成长起到很大的助益。不要随便把对手视为敌人或仇人，揉入太多情绪化的东西，只有这样，我们才可以冷静地观察对方，客观地审视自己。也唯有这样，我们才能从交手的过程中学到东西。

很多人无法这样看待对手。由于对手和敌人往往只有一线之隔，甚至一体两面，所以，对手也很容易引申成仇人。如此这般，看待对手的时候，首先就混杂了情绪。很多人会想：敌人和仇人当然是不好的。哪有向敌人和仇人学习的道理？不少人在碰到对手的时候，首先是不屑一顾，觉得对手的实力不过如此，而一旦被对方攻击得只有招架之功，没有还手之力时就会愤怒，发现这个不怎么样的人竟然有很多人喜欢，技能甚至超越自己。其实，越是对手，可学的东西才越多。对方要战胜你，一定是倾巢而出，精锐毕现。在他们使出浑身解数的时候，也就是传授你最多招数的时候。

所以，不论在职场，还是在商场上，如果你遇到了一个在各方面能力都很强的对手，你应该从心底欢喜。就像每天要照照镜子，你要每天都仔细盯紧这个对手，好好欣赏他，好好向他学习。一种动物如果没有对手，就会变得死气沉沉。同样，一个人如果没有对手，那他就会甘于平庸，养成惰性，最终庸碌无为。有了对手，才会有危机感，才会有竞争力。有了对手，你便不得不奋发图强，不得不革故鼎新，不得不锐意进取，否则，就只有等着被吞并、被替代、被淘汰。NBA的某个赛季上，诺维茨基在谈到与韦德的关系时说："我一直说，要和对手做朋友或者喜欢他们，这并不容易。之前在季后赛里和马刺较量的时候，我和他们不是朋友，这就是高层次的体育竞技，你会对对手有那么一点'恨'。但是，我觉得那些早都过去了。现在我觉得尊重对手比任何事情都重要。"许多人都把对手视为心腹大患，是异己，是眼中钉，肉中刺，恨不得马上除之而后快。其实只要反过来仔细一想，便会发现拥有一个强劲的对手，反倒是一种福分、一种造化。因为一个强劲的对手，会让你时刻有危机四伏的感觉，它会激发你旺盛的精神和斗志。日本三洋电机的创始人井植薰在向客人介绍自己企业的同时，总要带着尊重的口气，花几乎相同的时间来介绍同行业的强劲对手：索尼、松下、夏普电器，正是这种对同行竞争对手的"尊重"，才使日本的三洋电器能从一种集团的态势傲然纵横于世界市场。

所以，尊重你的对手吧！向你那些优秀的同班同学、公司里的同事、生意中优秀的竞争伙伴学习。有时候，将我们送上领奖台的，不是我们的朋友，而恰恰是我们的对手。懂得与自我和解的人很少会憎恨他人的成功，因为这类人往往能从成为我们对手的人的身上，看到我们的缺失，是我们的一面镜子。懂得与自己和解的人更懂得与他人和解，知道天空是无限的，它足以容纳任何一只搏击长空的雄鹰，人生的舞台是广阔的，它足以接纳每一个奋力起舞的人。

细品一杯"生活"的苦咖啡

有关数据显示，咖啡里含有 1600 多种香气物质，由于咖啡豆本身储存了丰富的营养成分加上咖啡具有强大的 DNA，因此，咖啡豆在烘焙受热的情况下会产生一系列诱人的香气，而与此同时，咖啡豆也会因为烘焙的过程产生的红褐色色素而产生出苦味儿。真正爱喝、会喝咖啡的人最喜欢的往往是一杯既不加糖也不加奶的苦咖啡，一杯现磨的美式或是一杯被称为 ONE SHOT 的精品意式浓缩，因为这样的咖啡更为纯粹，会让我们品味到来自不同产地、不同品种咖啡香浓的同时，还能品味咖啡特有的那份苦，获得在忙碌紧张的工作之后释然瞬间的那份满足，这往往也是一个人面对生活"之苦"时，与生活、与自我和解的一种方式。

有一群弟子要出去朝圣。师父拿出一个苦瓜，对弟子们说："随身带着这个苦瓜，记得把它浸泡在每一条你们经过的圣河，并且把它带进你们所朝拜的圣殿，放在圣桌上供养，并朝拜它。"弟子们朝圣走过许多圣河圣殿，并依照师父的教诲去做。回来以后，他们把苦瓜交给师父，师父叫他们把苦瓜煮熟，当作晚餐。晚餐的时候，师父吃了一口，然后语重心长地说："奇怪呀！泡过这么多圣水，进过这么多圣殿，这苦瓜竟然没有变甜。"弟子们听了，立刻开悟了。这真是一个动人的教化，苦瓜的本质是苦的，并不会因圣水圣殿而改变；情爱是苦的，由情爱产生的生命本质也是苦的，这一点即使是修行者也不可能改变，何况是凡夫俗子！尝过情感与生命的大苦的人，并不能告诉别人失恋是该欢喜的事，因为它就是那么苦，这一个层次是永不会变的。可是不吃苦瓜的人，永远不会知道苦瓜是苦的。

在你渐渐成年后，你或许一直在思考着一个问题："人为什么活着？"特别是当你每天看到这个忙忙碌碌的世界，听到他人的欢声笑语而倍感自己的平淡和孤独时，这个问题似乎会更加频繁地跳出来烦扰你。很多时候那些比你年长的或是有些阅历的人甚至常常会对你说："人啊，这辈子来到世界上就是受苦的。"要知道，不论是你的生活还是你的思想、你所遇到的问题、你所思考的问题也往往是我们每个人都曾遇到过的或都曾思考过的。高更早在一百多年前就因为困扰自己人生的问题，放弃了在世俗目光里令人羡慕的妻贤子爱的生活，跑到大溪地与那里的原住民生活在一起，最终画出《我们从哪里来，我们是谁，我们要去到哪里》的杰作，成为绘画史上对人类存在之意义的拷问与思考的经典。的确，在人短暂的一生中，当我们凭借每天的奋斗去换取明天的生活，慢慢接近我们的梦想时，生活往往都会给我们太多的问题、困难、烦恼、矛盾甚至是迷惘，我们努力奋斗和坚持了很久，很有可能最后体味到的仍然是苦涩，但这并不等于说我们就应该停下来，将自己封闭在壳子里，永远让自己安全而不受伤害。因为就算你停滞不前，你的生命、世界前行的脚步却不会以我们的意识而停滞不前的，就如台湾著名作家吴淡如所说的一样，人生本无特别的意义，但我们必须给自己的人生找到意义，因为只有这样你才会在充满坎坷、苦难、迷惘的人生中找到快乐和充实，才会解决你心中的困惑，才不会孤立自己而真正地保护自己不受伤害，最终悟出自己在世界上走过一次的真谛。

咖啡在烘焙的过程中因为受到高温的"烤验"而苦，但同时却又因为烘焙的过程激发出它独特的香气，这个过程本身就像置身于生活中的我们，只有在经过生活种种磨炼之后，我们每个人生命特有的那些耐力、意志、才华、智慧才会被激发出来，散发出独属于我们自己的"香气"，收获我们的成长。那些能与自己和解的人都懂得，既然我们无法回避人生的"苦"，就学着接纳这"苦"，不是期待苦瓜变甜，而是真正认识那苦的滋味，才是有智慧的态度。良药苦口利于病，苦瓜去火人皆知，只有当我们懂得接纳生活之"苦"后，心境才会豁然开朗，才会辩证地看到生活之"苦"背面的"甜"，甚至会像爱上一杯苦咖啡那样爱上细品苦的过程。

人间有美好，但生活亦有毒，以毒攻毒也是一种解药，比如，现在放下书去咖啡馆喝上一杯苦咖啡。

能承受 2000 磅压力的南瓜

麻省理工学院曾做过一个很有趣的实验，他们用铁圈将一个小南瓜整个箍住，以观察当南瓜逐渐长大时，对这个铁圈产生的压力有多大，南瓜又能承受多大的压力。最初研究人员估计南瓜能够承受的最大压力大约在 500 磅。实验里的第一个月，南瓜的确承受了 500 磅的压力，但它看上去没有任何异样。实验人员决定将实验继续进行下去，到第二个月时，这个南瓜已经承受了 1500 磅的压力。当它承受到 2000 磅的压力时，研究人员不得不对铁圈进行加固，以免南瓜将铁圈撑开，直到整个南瓜承受了超过 5000 磅的压力后，瓜皮出现破裂现象时研究人员才宣告这个实验结束。研究人员打开南瓜发现它已经无法再食用了，因为它的内部长满了层层坚韧牢固的纤维，试图想要突破包围它的铁圈。为了吸收充足的养分，以便于突破限制它成长的铁圈，南瓜的根部已经延展超过几万米，所有的根朝不同的方向全方位地生长，这个南瓜几乎已经独自接管控制了整个花园的土壤与资源。

这个实验告诉我们，任何一个生命，包括人类自身，都有着远远超出我们自以为的抗压能力，且随着压力的增加，能够根据压力的变化选出适应压力的方案和策略去适应它。我们生活在世上，是独立的生命个体的同时，也是社会群体的一个成员，在每一个年龄段都会面临不同的压力：青少年阶段，我们的压力主要来自课业、同龄人、家长和老师；进入成年后，将面临来自家庭、工作和社会的压力；步入老年期，我们要面临来自退休、健康、孤单、死亡等方方面面的压力。角色的不同，压力也不尽相同。当老师和当学生的压力不同，做主管和做员工的压力不同，身为父母和身为孩子的压力不同，而一个人往往又是身兼数种角色，集数种压力于一身。最新的科学研究表明，压力适度的时候会促进我们的血液循环，有利于我们的身心健康，因为人体本身的构造就是适合运动状态的，而这些压力会让我们在身体、行为和思维上不停地处于"动"的状态，研究表明，压力本身对我们并没有害，是压力之下带来的恐惧对人体产生了一定的负面作用。所以，正确认识、处理压力和我们自身的关系也是我们与自己和解、与他人和解、与周围世界和解过程中需要学习的一课。

　　这一天，49 岁的伯纳德·马库斯[1]像往常一样，拎着心爱的公文包去公司上班。在 20 多年的职业生涯中，他一直勤勤恳恳，兢兢业业，才坐到今天职业经理人的位置上。他只要再这样按部就班地工作 11 年，就可以安安静静地拿到退休金了。可是，他万万没有想到，这却是他在公司工作的最后一天。"你被解雇了。""为什么？我犯了什么错？"他惊讶地问。"不，你没有过

---

1. 伯纳德·马库斯（Bernard "Bernie" Marcus, 1929—　），美国商人。他与亚瑟·布兰克共同创立了家得宝（The Home Depot），并担任该公司的第一任首席执行官和董事长，直到 2002 年退休。

错，公司发展不景气，董事会决定裁员，仅此而已。"是的，仅此而已。和所有的失业者一样，繁重的家庭开支迫使伯纳德·马库斯必须找到新的生活来源。那段日子，他常常去洛杉矶一家街头咖啡店，一坐就是几个小时，化解内心的痛苦、迷茫和巨大的精神压力。

有一天，伯纳德·马库斯遇到了自己的老朋友——同样遭遇到解雇的亚瑟·布兰克[1]。他俩互相安慰，一起寻求解决失业压力的办法。"为什么我们不自己创办一家公司呢？"这个念头像火苗一样，点燃了两人压抑在心中的激情和梦想。于是，就在这间咖啡店里，他们策划建立了新的家居仓储公司，制定出了"拥有最低价格、最优选择、最好服务"的制胜理念和使这一理念得以成功实践的一套管理制度，然后就开始着手创办企业。那是1978年春天。20年后，他们原本名不见经传的小公司发展成为拥有775家店、15万名员工、年销售额300亿美元的世界500强企业，就是闻名全球的家得宝公司，成为全球零售业发展史上的一个奇迹。

著名的心理学家耶基斯[2]和多德森[3]很早就关注心理压力的问题。通过一系列的实验观察，他提出了"耶基斯-多德森定律"来阐释心理压力、工作难度和工作效率之间的关系。他发现，在完成简单任务时，心理压力越大越认真，工作效率最优。例如，

1.亚瑟·布兰克（Arthur M. Blank，1942—　），美国商人，也是家庭装修零售商家得宝的共同创始人。
2.耶基斯（Robert Mearns Yerkes，1876—1956），美国心理学家、伦理学家、优生学家和灵长类学家，以其在智力测验和比较心理学领域的工作而闻名。
3.多德森（John Dillingham Dodson，1879—1955），美国心理学家、教授。

抄课文，像这种简单的任务，越认真效率越高，越不容易写错字，而对非常困难的工作来讲，人处在放松的状态效率反而更高，因为任务的高难度已经令人产生了足够的心理压力，这种状态下，反而需要适度的放松，比如，奥运会决赛的现场，高考前期，重大项目的交付临界点，等等。显然，压力管理也是一门科学，正确的认识和管理压力才是我们在面对它时的最佳选择。

往往，在我们面临着一个又一个新压力时，很有可能是我们更接近新机会和希望之时，这里的玄机和变化就在于你是被压力带来的恐惧驾驭还是去驾驭压力本身。大多数人之所以在困顿中一蹶不振恰恰是因为被上一次的努力付出与期望结果之间的落差击中，久久沉浸在负面的情绪中不能抽身，更没有及时总结经验教训，集中精力寻找新的生机和开端。相信自己，只要你一直在努力，并时刻能因应环境为自己做出适当的调整，你就会不断发现自己的生机和无限的潜力，而当你一旦有一次成功的经验，你就立刻会为出于困顿的自己注入强心剂，这种在无数次摔打后历练出来的信心和能力将在你日后的个人生涯发展中发挥巨大的作用并一直持续下去。所以，我们往往最终要感谢的是我们所经历的那些磨难，感谢生活一次又一次抛给我们的压力而不是安逸。学会与各种压力和解，也是我们在与自我和解之路上必经的挑战，当我们对各种压力驾轻就熟，处理得得心应手时，你会发现自己已经可以勇敢地面对一切，无所畏惧。

小仪式大确幸

第四章

一半烟火以谋生，一半烟火以谋爱
——与亲密关系的和解智慧

懂得与自我和解的人更懂得在深思熟虑后走入一段亲密的关系，懂得在亲密关系中势均力敌的相互作用，并能动态地去看待和理解亲密关系，因为只有亲密关系中的双方始终保持在同频的状态下，才能滋养彼此，无论是那些相差太多的亲密关系，还是那些最初看上去势均力敌，后来慢慢形成巨大差距的亲密关系最终都会渐行渐远，这是人性，也是必然。

亲密关系存在的重要意义

亲密的关系存在于我们与他人的深度链接中。在共同关系中，当两个人的互赖性很大时，我们把这种关系称为亲密关系（close relationship）。亲密关系有三个特点：一是两人有长时间频繁互动，二是在这种关系中包含着许多不同种类的活动或事件，共享很多共同的活动及兴趣，三是两个人相互影响力很大，如朋友、伴侣、夫妻、亲子，这些关系都是我们一生中最重要的几种亲密关系。哈佛大学经过 76 年对人的幸福指数研究后发现，高质量的亲密关系是决定我们一生是否幸福的关键，特别是童年时代与原生家庭的关系、成年之后与亲密伴侣的关系。研究发现幸福的伴侣和婚姻不但能保护我们的身体，还能保护我们的大脑。在对婚姻关系的研究跟踪中，研究人员们发现决定研究对象幸福程度的，并不是年轻时候的健康水平，而是他们对于婚姻生活的满意程度。50 岁对婚姻状态满意的人，80 岁时还能保持着相当健康的状态。美好甜蜜的婚姻关系，还能够缓解衰老带来的痛苦。80 岁时，如果一个人还能处在幸福和谐的伴侣与婚姻关系中的话，就算身体出现很多毛病，他们依旧会觉得非常幸福，而在不幸福的婚姻里，人的身心很容易出现问题，因为坏情绪放大了身心的痛苦。这就是我们常说的一个人的寂寞好过两个人在一起时的孤单。

很多人之所以回避建立任何一种亲密关系的根源在于恐惧和害怕。这种害怕、恐惧主要来自于三个方面，一是来自我们在原生家庭中对父母之间婚姻的认知，有的人见惯了父母婚姻里无尽无休的争吵、家庭里的冷漠，常常便会在年少的时候暗下决心，这样的亲密关系宁愿不要，也好过要么三天一吵，五天一闹，要么是冷冰冰的对峙；对建立亲密关系的恐惧和害怕的另一点则来自我们曾经在过往亲密关系中受到的伤害，如失恋、背叛、抛弃或者在亲密关系中一些不愉快的经历，还有就是来自于对周围人群失败或低质量的亲密关系产生的失望。但仅仅是因为恐惧和害怕，我们就放弃对亲密关系的建设、经营或重建吗？科学告诉我们，进入人与人之间深层次的链接，爱与被爱才是我们得以终生健康与幸福的密码，就算在这个世界上最幸福的亲密关系里，如婚姻，一生都有两百次离婚的念头、五十次掐死对方的冲动，但是无数人仍不断地在亲密关系的"围城"中走进走出，因为在这种关系里我们可以寻求到彼此的互爱、尊重、理解、体贴、慰藉，它所带给我们的满足、治愈和幸福大概率来讲远远要大于我们所受到的伤害，如果我们能将其看作是一门需要不断经营的艺术，学习经营建设它的智慧，懂得包容和妥协，便会在高质量的亲密关系中有意想不到的收获。要知道，高质量的亲密关系不仅仅会成就彼此，不再让我们感觉孤单，更会让我们在另一面镜子中学会成长和反思，在这些关系中获得的稳定的情绪、爱的力量、深入的懂得里，每个人甚至都能实现马斯洛需求层次里最高层次需求——

自我超越。

蜚声国际舞台的著名华人导演李安在一举成名之前，曾有六年的时间默默无闻，靠着当时还在攻读博士的妻子林惠嘉微薄的收入专心研究拍片。两个人互相激励，彼此包容，每天李安在大量研究各种片子的同时，承包了所有的家务，解决妻子读书期间的后顾之忧，妻子林惠嘉则始终相信丈夫在导演领域里的天赋才华，赋予了他最大的理解和耐心。直至六年后，李安写出了剧本《推手》，该剧本获台湾优秀剧作奖，赢得了40万大奖，李安也获得了可以独立执导该部影片的导演机会。两年后的1992年，同名电影《推手》获得了台湾金马奖最佳导演等8项大奖让李安一举成名。此后，李安陆续拍出了《饮食男女》《理智与情感》《喜宴》《断背山》《色戒》《卧虎藏龙》《少年派的奇幻漂流》等家喻户晓的影片并斩获无数国际大奖，晋身为国际知名导演。在获奖感言中，李安由衷地表达过对妻子的感激之情，认为没有妻子的支撑，就没有现在的李安导演。在这段高质量的亲密关系中，李安和妻子彼此成就，尽管其间经济拮据，但林惠嘉始终没有抱怨李安长期的蛰伏，而是用自己的欣赏和耐心换回了丈夫的成功，李安也并没有滥用妻子的包容和理解，勤奋用功的同时，对妻子体贴有加，用自己的崛起和优秀的成绩回报了妻子，对这段高质量的亲密关系给予了最好的诠释。两个人都在这段关系中收获了爱、尊重、认可和自我超越。

可见，高质量的亲密关系需要双方的经营艺术和智慧，但首先需要我们都勇敢地迈出一步，推开这扇门，我们才能看见门后的那道风景。

亲密关系里的门当户对

中国有句古话,叫门当户对。

一直以来,并没有人和我们讲起门当户对的真正含义,以至于很多人对这个提法都很反感,认为这是对建立亲密关系的情侣间彼此家庭在经济条件上势均力敌的要求,是对爱情的一种玷污,其实,远远不是这么肤浅。门当户对更多指的是缔结婚姻双方的家庭在家庭教育、思想文化、兴趣爱好、价值观等方面的趋同和接近,而这些正是建立可持续高质量的亲密关系的基础和前提。爱情是两个人之间的两情相悦,两眼相看不厌,而婚姻则是两个家族的缔结,你婚姻里亲密关系的点点滴滴都来自双方原生家庭的基因遗传,这基因既有生理上的,也有家庭文化中的遗传因素。

说起门当户对,林徽因和梁思成的结合堪称是典范。林徽因的父亲是林长民,毕业于日本早稻田大学,擅诗文,工书法,曾任北洋政府司法总长等职;叔叔林觉民,亦是中国民主的先锋,林徽因自幼饱读诗书,接受了良好的中西方教育,18 岁起便开始游历欧洲,遇到才子徐志摩,林徽因被徐志摩渊博的知识、风雅的谈吐、英俊的外貌所吸引。而徐志摩也被林徽因出众的才华与美丽所吸引，对她评价甚高，为林徽因写过很多情诗。他们一起组织新月社活动，一起演戏，并常有书信来往。1924年泰戈尔访华期间，徐志摩和林徽因共同担任翻译，可谓才子佳人。徐志摩为了林徽因甚至不惜和自己的发妻张幼仪决绝地离了婚，看上去，似乎林徽因和徐志摩这对才子佳人应该走到一起。但林徽因却并没有选择徐志摩，而是选择与自己门当户对的梁思成结为伉俪。梁思成身为梁启超的儿子，自幼就随父母生活在日本，回国后在清华大学前身的北平清华学校学习，1924年与林徽因一起在梁启超的支持下共赴美国学习建筑学。林徽因与梁思成之间凭借门当户对的家庭背景、共同的旅美学习经历、事业上的比翼双飞建立起来的亲密关系，远远比林徽因与张扬且情绪化的徐志摩之间的互相吸引更为理性和持久。这在后来林徽因与梁思成一生高质量的亲密关系中也得到了充分的印证。1928年3月21日，梁思成与林徽因在加拿大渥太华的中国总领事馆举行了婚礼。之后赴欧洲参观古建筑，8月18日回国后，在沈阳东北大学任教，创立了中国现代教育史上第一个建筑学系。从1930年到1945年，梁思成林徽因夫妇二人共同走了中国的15个省、190多个县，考察测绘了2738处古建筑物，很多古建筑就是通过他们的考察让全中国乃至世界认识，从此得以保护。如河北赵州大石桥、武义延福寺和山西的应县木塔、五台山佛光寺等。也正是由于在山西的数次古建筑考察，使梁思成破解了中国古建筑结构的奥秘，完成了对《营造法式》这部"天书"的解读。新中国成立后，二人继续一方面积极倡导对中国古典建筑的保护，另一方面，积极参与到新中国的建设中，林徽因在参与人民英雄纪念碑等建筑设计的同时，还从事文学创作。她在文学上，著有散文、诗歌、小说、剧本、译文和书信等，代表作《你是人间四月天》《莲灯》《九十九度中》等。其中，《你是人间四月天》最为大众熟知，广为传诵。在这段高质量的亲密关系中，她与梁思诚无论是在家庭文化、思想认知、工作事业上都有着高度的契合与匹配，这对才子佳人可以在漫长的婚姻生活中，比翼双飞，举案齐眉，互相成就，林徽因成为中国著名女建筑师、诗人和作家，人民英雄纪念碑和中华人民共和国国徽深化方案的设计者之一。梁思成则成为研究中国建筑的宗师，毕生致力于中国古代建筑的研究和保护，是建筑历史学家、建筑教育家和建筑师。他还曾任中央研究院院士（1948年）、中国科学院哲学社会科学学部委员，参与了人民英雄纪念碑、中华人民共和国国徽等作品的设计。高质量的亲密关系让两个人的婚姻生活收获幸福的同时，充分鼓舞发挥了各自的天赋才华，实现了各自的自我超越。

可见，门当户对背后深层次所蕴含的诸多因素有着足以影响我们一生亲密关系质量的意义和价值，而这种影响会时刻渗透在我们亲密关系里，大到对社会诸相的认知，家庭事业、子女教育，小到柴米油盐、鸡毛蒜皮、邻里关系。而每一次两人对这些事情的沟通模式、处理方式都会决定了我们在这段亲密关系中的感受，决定着这段亲密关系的质量高低。懂得与自我和解的人更懂得在深思熟虑后走入一段亲密的关系，懂得在亲密关系中势均力敌的相互作用，并能动态地去看待和理解亲密关系，因为只有亲密关系中的双方始终保持在同频的状态下，才能滋养彼此，无论是那些相差太多的亲密关系，还是那些最初看上去势均力敌，后来慢慢形成巨大差距的亲密关系最终都会渐行渐远，这是人性，也是必然。

尊重彼此的心理边界

前面我们曾经提到过，若想满足生命个体彼此间对安全舒适感的需求，在身体上还是在心理上都需要与对方保持适度的距离。经过科学家们的试验表明，健康高质量的亲密关系中令人舒适的身体距离是 0—0.45 米，所以，心理学家往往会通过伴侣间在一起行走时的距离、父母和孩子同在时彼此间的距离判断出这种亲密关系的远近和质量高低。而人与人在心理上的距离，我们将其称之为心理边界，又可以称其为个人边界。这个边界的建立基础是生命个体对自我的认知。自我意识的最初形态，是以婴儿不能分清自我和他人的区别存在的，他们不能意识到主体和客体的区别，直到大概 8 个月大时，生理自我才开始萌生。

著名科学家阿姆斯特丹做过一个经典的点红实验，他选择 3 到 8 个月的婴儿作为试验对象，给他们在无意间涂上个红点，然后让婴儿去照镜子，观察他们是否能够发现镜子里自己的不一样。如果婴儿下意识地去用手擦拭自己的那个红点就表明他们是拥有自我意识的，他们可以区分出自我。倘若婴儿对那个红点毫无反应则证明他们还很难区分本身与外界的差异，这时的他们还停留在一种原始的混沌状态。实验结果得出，6到8个月大的婴儿能看到镜子里面的人，但是他们大多数都是去拍拍镜子里面的人或者一直以各种方式与其互动，却并不知道里面的人是自己。所以，从婴幼儿阶段受到父母良好引导的孩子会逐渐懂得自我和他我的区别，会逐渐学会从对父母的依恋中分化独立出来，成为独立的生命个体。也就是说，心理边界清晰的人才会更加独立。不能适度被满足的孩子会严重缺乏安全感，慢慢会通过退回自己的世界中自立为王，性格敏感多疑，形成强大的自我防御机制；而过度被满足的孩子又会慢慢形成以自我为中心的认知模式，这两种状态对孩子日后个人边界感的形成都会有一定不良的影响，他们在对亲密关系的处理上都会遇到不同的障碍和问题。

　　心理边界是一个生命个体区分内部与外部的心理安全界限，就好像在生命的内部和外部之间画了个无形的圆圈，在圆圈内的一切都是这个生命个体自身可控的，超越这个圆圈边界之外的都是不可控的。在亲子关系里，突破心理边界的行为无处不在，特别是在孩子进入青春期之后，父母常常在潜意识里认为孩子是自己的，还需要有什么边界感？就是有，也要在自己接受的范围内，认为未成年孩子缺乏明辨是非的能力，需要父母的监护，于是，偷看孩子的日记，查看孩子的通话记录，不允许孩子关上自己的房门，或是进入孩子房间推门而入，在未征求孩子的意见情况下，替孩子安排好一切……持有这样想法和做法的父母本身就是自我边界感模糊的人，在常常打破了孩子的心理边界后，自然会遭到处于青春期孩子的反感和叛逆。

　　同样，在伴侣和婚姻这层亲密关系里，因为它是与自我距离最近的关系，它的存在令我们感到安全、温暖和治愈，但恰恰因为是最近的距离，又最容易突破彼此的心理边界，对彼此造成冲击和伤害，所以，在这类亲密关系里懂得和尊重彼此间的心理边界决定着这类关系的质量，它需要我们不断地去学习，学习让彼此都感觉舒适的相处分寸，懂得维护彼此的心理边界，为亲密关系留出可以畅快"呼吸"的空间，在我们自身的心理边界内控制好我们自己的情绪和行为。比如，我们对自身爱好的坚持，对能够接受和不能接受事情的划分，而在双方融合的边界范围内倾听彼此的心声，考虑对方的建议，针对家庭事务寻找可达成的解决方案，在对待与老人相处的模式、子女的教育、家庭的规划上协商一致，等等，同时，懂得在对方的心理边界处适度停下脚步，在没有得到对方允许的前提下，不要轻易闯入，比如，对方过去曾有过的恋情、对方不愿和你交流的问题、对方孝顺和陪伴父母的方式、对方坚持的兴趣爱好，等等，在并没有影响亲密关系质量的前提下，更不要逼迫对方做他不愿意做的事情，因为，这样的逼迫从心理学的角度讲就是已经完全打破了对方的心理边界，让对方感觉到不安、压迫甚至是焦虑，其结果适得其反。

不要觉得，在最亲密的亲密关系中我们不再需要边界，因为我们的伴侣首先是个独立的生命个体，是生命个体就会有自己的边界感，每个独立的生命个体又有着不同的成长经历、思维模式和思想体系，正是这些不同和独特才保持了每个生命个体独有的气质，也是亲密关系中得以互相吸引、欣赏的关键，懂得在亲密关系中尊重对方的心理边界恰恰是对这些特质的保护和理解，也是提升亲密关系质量的密码。试想一下，如果我们完全融入伴侣的心理边界，洞悉和掌握了对方的一切，对方已经全然是个透明人，那么，他或她对你还会有那么强烈的吸引力吗？或者，他或她完全受你的控制，满足你对可控的安全感需求，那么他还是你最初爱的那个人吗？他或她又会快乐吗？如果他或她在这段亲密关系中变得不再快乐，你又会快乐吗？显然，在最亲密的亲密关系中，尊重和保护彼此的心理边界感遵循了人性，更是一种获得高质量亲密关系的智慧。

一条流动的河

　　传统的教育和电视剧里常常会向我们宣扬永恒的爱情和亲密关系。但事情的真相却是：这世上没有一劳永逸的爱情和亲密关系，只有需要一生去经营的亲密关系，而你越早认识到这一点越好。任何关系都是由人构成的，而人首先是鲜活的生命体，它的生长性决定了个体时时刻刻处在动态变化中，这也就决定了由人建立起来的各种关系也处于动态中。小时候的好朋友随着年龄的增长、经历的不同会慢慢淡了感情，甚至失去了联系，反而长大成人后，在学习、工作中遇到了能谈得来、有着共同志向的朋友慢慢走到了一起；经历了白手起家、创业艰辛的合作伙伴从最初的互相支持、风雨同舟却在功成名就后分道扬镳甚至成为竞争对手的不胜枚举；而亲密关系里的爱情，也同样逃不出这样的命运，多少最初青梅竹马、才子佳人的爱情也随着彼此境遇的改变、距离的拉开、志趣的偏离慢慢走到末路，双方形同路人。所有的这一切告诉我们，没有什么永恒的爱情，更没有一劳永逸的爱情，而我们想要获得可持续的高质量的亲密关系，需要我们懂得动态地看待亲密关系，并学着智慧地去经营。

　　相爱的两个人最初往往是郎才女貌，因为情投意合走入了婚姻的殿堂，比如宋慧乔和宋仲基，最初的婚姻生活也幸福美满，但随着时间的流逝，进入柴米油盐的婚姻生活却是现实骨感的，不像两个人在恋爱期间，更多的是纯粹的浪漫和美好，进入婚姻关系里的两个人也更趋近真实的自我，暴露出更多的性格缺点，引发更多的矛盾，双方背后的家庭文化也渗透在婚姻生活中，很多人的关系在这个阶段开始出现裂痕，双方对婚姻中的动态效应都措手不及，两个人要么逃避，要么争吵，要么拼尽全力牺牲掉自己只为维护这段亲密关系，但结果却适得其反，一个要逃，一个在追，好不热闹。根据中国民政部的最新统计，仅 2020 年的离婚率就高攀到 43.83%，可见，当代亲密关系的变动性是多么普遍。从中我们也不难看出，随着每个人在教育、思想、经济上的平等和独立，男女角色在亲密关系上发生了转换，传统的婚姻关系也已不再是人们获得幸福稳定生活的唯一选择，人们更在乎的是亲密关系的质量而不是长短，那些还认为亲密关系一旦确定就会一劳永逸，不需要再用心经营的想法更是天真而幼稚。

科技、文化、教育、经济迅速发展的今天，每个生命个体也在不断进步。在亲密关系中，如果一方进步较快而另一方较慢甚至是止步不前，随着时间的推移，双方就会逐渐在思想上出现落差，进而出现精神层面的分离。如果落后的一方不能及时意识到这个问题的存在，还保持原地踏步或者单纯地认为有爱就足够了，那么这段亲密关系很快就会岌岌可危。在婚姻中，爱情仅仅是基础但并不是全部，而一旦爱情的保鲜期过去，双方的落差加大，矛盾就会凸现。这两年大火的电视剧《三十而已》里的钟晓芹曾经就想做个平凡的妻子，以为与在事业单位工作的丈夫可以一直过着平凡安静的生活，可随着丈夫在事业单位职场的失意，自己写作才能受到认可，还偶然卖出了高价版权，双方经济落差凸现的同时，精神层面的矛盾也渐渐浮出水面，女强男弱的婚姻顿时失去了平衡，外有迷弟的紧追不舍，内是丈夫的逃避沉默，钟晓芹在这段亲密关系中面临着何去何从的选择；顾佳一心扶持丈夫，对外协助其从一名烟花设计师转型为老总，对内斡旋在所谓精英的圈层安排好儿子的一切，即使这样一个睿智、勤奋的女子，仍然要面对婚外第三者的插足和挑衅；王漫妮有颜值有能力，在奢侈品领域独领风骚，却在不平等的情感中难以取舍。《三十而已》之所以大火，赚足了观众们的眼球，就是因为它通过三个三十而立的女子在亲密关系中的起伏，充分展示了当代经济高速发展的社会大环境下，典型的亲密关系类型发展及其中存在的问题，三个女人的经历就是我们身边每天都在发生的故事，为当代男男女女上了一堂生动的亲密关系课，教我们如何面对和处理亲密关系里一地鸡毛的问题。

　　生活就像一条奔腾不息的河，亲密关系就是这条河里的一个分支。即使你想停下脚步，生活也不会停下脚步，也正是在奔腾不息中，我们才在流动的岁月里体会到进步，保有对明天的希望，并让我们与家人、伴侣在这些流动中有了更深的链接，即使有一天，变故突然降临，爱情不再，我们仍可以因为在过往的岁月中用心经营过、努力奋斗过、全情付出过而了无遗憾，我们仍会保有一个有温度的灵魂，相信友情、亲情和爱情，继续去开启属于我们的新的亲密关系、新的生活。既然如此，那就学着成为一朵浪花，一路欢歌地走下去，经历亲密关系中的山也好、水也好、风也好、雨也好，这些都不重要，重要的是我们在这场经历中完成了自我的蜕变，最终见到大海，面对花开。

男人来自火星，女人来自金星

作为中国当代影响力长盛不衰的剧作家、作家，廖一梅女士在她的剧本《柔软》中曾这样写道："每个人都很孤独。在我们的一生中，遇到爱，遇到性，都不稀罕，稀罕的是遇到了解。"的确，每个人本质上都是一座孤岛，人们之所以在漫长的一生中需要稳定、持久的亲密关系，正是希望在那连着一座座孤岛间的"人海"中寻求了解和懂得，满足自身对爱与安全感需要的同时，温暖另一个与我们同样孤独的灵魂。它或许是海边飞来的一只"海鸥"，或者是水底游来的一条"小鱼"，又或者是从我们的孤岛边刮过的一阵"风"，与我们有着本质的不同，却愿意不厌其烦地倾听我们的心声，为我们歌唱，栖身于此，而我们也翘首以盼，盼望着它的归来，给它以拥抱和爱。

懂得尊重生命个体间的差异是经营一段高质量亲密关系的根本。国际知名的人际关系和情感问题研究专家、心理学家约

挪威峡湾

有时候停下来比一直走下去更快

翰·格雷博士[1]用了7年的时间，先后跟踪了25000多人在亲密关系里的进展，提出在两性关系中之所以存在着种种冲突和矛盾，就是因为男人和女人来自完全不同的"两个星球"，男人是来自火星的动物，而女人则是来自金星的动物。生理结构的不同让他们无论是在思维方式、沟通模式、行为方式上都存在着巨大的，甚至是背道而驰的差异，正是这种差异让身处紧密连接的双方常常处于"抓狂"的状态。显而易见，在两性的亲密关系里需要我们学习和了解的并不能完全凭借"爱情"就可以解决的，还需要一定的艺术和技巧，需要长时间相处过程中的了解和懂得。格雷首先提出：我们的伴侣和我们不同——对方来自另一个星球，不可将本星球的规定、要求强加于人的幽默观点。进而通过大量的案例和跟踪研究表明，我们一直在错误地做出假定，如果伴侣爱我们，他（她）的反应和表现，就要和我们处"合拍"，而不是与我们的期待背道而驰！换言之，我们以怎样的方式爱着他（她），对方就要以同样的方式对待我们。但事实却是，对于一个女人而言，她自我意识的提升、自我价值的实现，更多来自对情感需求的满足，也来自人际关系的质量。在大多数情况下，女人讲述当天的感受，只为同男人交流和分享。处于压力之下的女人，并不急于解决她的问题。她先要把真实的感受说出来，唤起他人的理解和共鸣。只有这样，她才能感觉宽慰和舒适。女人想忘却消极感受时，她在情感上不但想到自己，

---

1. 约翰·格雷博士（John Gray；1951— ），美国的流行心理学畅销书作者，作品主要围绕两性关系及个人成长。他最为著名的作品是《男人来自火星，女人来自金星》（Men Are from Mars, Women Are from Venus）。

同时也关注别人。只有这样，她才能让不良的心绪更快地缓解。如果女人觉得自己配得上男人的爱，就会觉得全身舒适，无比快乐——此时，她不必不停地付出，以换取男人的爱；此时，她给予的少，而接受的多，却可以心安理得。毕竟，这是她应得的结果。为了感觉更好，金星人会聚在一起，坦然谈论她们的问题，以便让身心获得舒解。而对男人来说，一个男人的自我意识，在很大程度上，完全来自他完成目标的能力。未经男人的请求，就擅自为他提供建议，出谋划策，相当于告诉男人"你很傻，你不知道怎样做才更好"，或者是"你没有独自解决问题的能力"。而如果一个女人能让男人感觉到，他是"问题"的解决者，而不是女人眼中的"问题"时，他才愿意放弃对抗，按对方理想中的样子做出改变。只有获得机会证明他巨大潜力的时候，男人才会展示最好的一面。但当他觉得与成功无缘时，他会故态复萌，恢复旧有的状态。如果男人觉得女人不需要他，就会陷入一无所用的痛苦。这对他而言，不啻是一种"慢性死亡"。男人内心最深处的恐惧，就是他还不够好，或者是能力不济，不能满足女人的需要。为了让心情好转，火星人会进入他的"洞穴"，以便独自解决当下的问题。可见，只有当男人和女人能够互相理解、尊重和接受对方的差异时，爱情才会真正生根发芽，开花结果。亲密关系生活是否幸福，主要取决于你对伴侣的认知，你对他（她）的认知有多深，你们的爱情才会有多深。

　　当伴侣抗拒我们的"爱"时，可能只是因为我们选择了错误的时间，采取了错误的方式。女人的失望和忧伤写在脸上，或溢于言表，男人则自觉是个失败者。这时候，他必然难以倾听女人的感受。正像女人害怕接受一样，男人却害怕给予，这是一对永恒的矛盾。格雷指出，亲密关系里的男女双方感情如何，不取决于对方是否完美，即使他们各自有很多缺点，却仍然可以和睦相处、一生幸福，这也是永恒的真理。然而，也正是因为亲密关系中的双方来自于不同的"星球"，才让我们彼此身着各自星球的光芒和独特，相互吸引，渴望了解，在收获激情、爱、信任、尊重甚至是因为对方的出现，让我们发现了不曾发现的自我的同时，我们也发现了彼此的缺憾。如果说每个生命个体都是个闭环，那么每个生命个体的闭环上又都会有个缺憾，而那个有勇气面对我们、接纳我们、爱我们、了解甚至能懂得我们的伴侣就是那个弥补我们缺憾的人。

所以，在亲密关系的维护和建设中，我们需要做的是将本"星球"不断地自建完善的同时，包容、理解、关爱来自另一个"星球"的伴侣，最重要的是用对方懂得和接受的方式、语言和爱，不是我们用尽蛮力，拼命地大喊，而是用我们的智慧，于无声中收到伴侣的回应。

一半烟火以谋生，一半烟火以谋爱

在物质社会的今天，物质基础越来越被人们认为是维护亲密关系的首要条件。对方的经济条件如何，是否是名校毕业、有房有车、有体面的工作、有健全的家庭都会被列入择偶的标准，爱情似乎已经不再是人们缔结亲密关系的核心要素，似乎强大的物质基础更能决定我们一生的幸福。

电视剧《三十而已》中，当三位知性、要强、睿智的女性辗转打拼在魔都的高档写字间、公寓和奢侈品店，辗转于俊男靓女之间的社会关系维护中时，有一对平凡的夫妻，他们日子的点滴总是出现在每一集的剧尾，平凡地、淡淡地、朴素地出现：妻子红姐支撑着一个葱油饼摊儿，丈夫送快递，他们有一个懂事可爱的儿子。妻子每天早起晚歇，为了多卖一个葱油饼，丈夫勤快手巧，忙完快递就赶回来帮妻子忙碌。某一集的结尾，剧情的一个细节足以打动我们，巧手的爸爸和孩子用创可贴在煎饼摊的玻璃窗上慢慢贴出一个小房子——那是一家人在偌大城市里努力的梦想，那是他们梦想中的家，镜头拉远的时候，葱油饼摊上的灯光打在小房子上，灵动的窗口里映射出了一家三口人的幸福模样。

在平凡的日子中，三口人相亲相爱，一半烟火为谋生，一半烟火在谋爱：一家三口在一起轮流理发，在晚归的路上孩子伸手去抓一束光，红姐用做葱油饼剩下的蛋清为儿子做了好吃的蛋挞，孩子将在草丛中发现的蜗牛装在瓶子里高高兴兴地带回家去，雨中，红姐丈夫在电话亭中与老婆视频，孩子被红姐搂着、在摊位上避雨，还不忘给爸爸做个鬼脸，一家三口虽然没在一起，但是他们笑得很开心……几乎每一集中，都会有这样温馨却平凡、朴素却感人的画面。与那些一个包包动辄就要十几万、几十万的阔太太们相比，与那些出入高档写字楼、公寓、商场的俊男靓女们相比，他们身处社会的底层，但是谁又能说他们不是幸福的一家人呢？这一家人就是我们现实社会里平凡的大多数，大多数平凡的小人物的代表，他们随时都在我们的身边，家门口卖水果的大哥，地铁口的烤冷面的小老弟儿，公司大楼下卖鲜花的小妹，卖煎饼果子的大姐……在顾佳们鸡飞狗跳的时候，他们依然过着平淡的日子，时而为钱发愁，时而身体欠佳，却始终让日子温暖，让家人心怀希望。

可见，物质基础并不是幸福的关键。那么是社会名望吗？还是获得世俗社会眼里，所谓的巨大成功？经过哈佛大学 76 年对 724 位男性的跟踪试验发现，幸福和它们并没有直接关系。1938 年，哈佛大学开展了史上对成人发展研究最长的一次研究项目。这个研究项目名叫"格兰特—格卢克研究"（The Grant & Glueck Study），在 76 年间，他们跟踪记录了 724 位男性，从少年到老年，年复一年地询问和记载他们的工作、生活和健康状况等，这个项目至今还在继续中。该项研究选择从两大群背景迥异的美国波士顿居民开始。研究人员从当年哈佛大学本科生中选出的 268 名高才生作为实验跟踪的第一组,他们当年才大二,后来全都经历了第二次世界大战,并且大部分人有参军作战的经历。哈佛法学院的教授谢尔登·格卢克[1]从波士顿贫民区选出了456 名家庭贫困的小男孩,将他们划分在了第二组,他们来自 20世纪 30 年代波士顿最贫困的家庭。大部分人住在廉价公寓里,很多人家里甚至都没有热水。76 年的时间里,这些年轻人长大成人,进入到社会各个阶层,成为工人、律师、砖瓦匠、医生,有人成为酒鬼,有人患了精神分裂。有人从社会最底层一路青云直上,也有人恰恰相反,掉落云端。经过 70 多年的跟踪研究后,哈佛大学的研究人员告诉我们:无论是受过高等教育的精英也好,还是从贫民窟走出来的人也罢,不管你是风光万丈,还是碌碌无为,最终决定内心是否幸福的,是我们与周围人,特别是我们亲密关系的质量决定的。研究发现,那些跟家庭成员更亲近的人、更爱与朋友邻居交往的人,会比那些不善交际离群索居的人更快乐、更健康、更长寿。一个人有多少朋友、是否结婚,这都不是幸福与否的关键因素。最让人感到受伤和不幸的,是人生中的龃龉、争吵和冷战,互相伤害、没有爱情的婚姻,带来的危害会比离婚更加致命。

科学研究再一次用经过时间检验的成果向我们揭示了决定幸福的实质:亲密关系及我们人际关系的质量决定了我们的幸福指数。这绝不是我们每天慌慌张张去求的那几两碎银能给予的,更

---

1. 谢尔登·格卢克(Sheldon Glueck, 1896—1980),波兰裔美国犯罪心理学家。

不是我们功成名就后顺势即来的臆想，而是我们就在每一个平凡的日子里，凭借着踏踏实实经营，凭借对我们家人、伴侣、朋友的真诚，凭借着我们一半烟火去谋生、一半烟火在谋爱的真诚，驾驭着我们的生命之舟，在时间的河流上奋力击水后的馈赠。

推开亲密关系之旅的五扇门

现在，我们就从心理学的专业角度来认识一下在亲密关系这条"流动的河"中，我们都会经历些什么，这会对我们在亲密关系中学会与伴侣、与自我和解有一定的助益。美国心理学家苏珊·坎贝尔致力于帮助个人和家庭实现生活目标的事业，她有着超过 30 年的从业经验。结合多年对亲密关系的治愈经验和研究，她在《伴侣的旅程》中首次提出了伴侣亲密关系中的五个阶段，并提议将对决定我们幸福质量亲密关系的建设看作是场旅程，而在这场浪漫却又漫长的旅程中，我们只有在推开这段亲密之旅的五扇门，看到五扇门背后不同的自己和伴侣，才是真正地完成了这趟亲密关系之旅。

伴侣间亲密关系的初期被称为浪漫阶段，推开这扇门的我们并没有看见对方的全貌，我们只是通过对方的原生家庭、外在相貌、学识才能、工作境况，感性地初步认识了彼此，凭借着这种感性认识和所谓的理性判断两相情悦，坠入爱河，而这个阶段的爱情更像是在掌握彼此有限信息状态下的一种自我对话，彼此都为对方进行了一个美好的预设，两个人也会尽量从对方的讯息中寻找资料去配合对方的"浪漫"。世界似乎变得更明亮，陷入热恋的人觉得自己充满能量，有更明确的目标感，对生命充满热情，愿意去做不寻常的事，每一刻都觉得新鲜。事实上，浪漫期是亲密关系中的香料！随着浪漫初期获得的安全、平静和满足，我们越来越了解自我和他人，亲密的可能性也增加，在袒露、脆弱、好奇与承诺中，双方慢慢建立了成熟稳定的关系。而那些没有走过这道风景的伴侣们则在这个阶段就分道扬镳了。

还有很多伴侣往往会在浪漫期尚未结束时就迫不及待地进入了婚姻，因为，热恋带给我们的浪漫、体贴和承诺深深地满足了我们对亲密关系中的爱与安全感的需求。然而，浪漫之后，才是现实生活中的相处，也就是我们推开了亲密关系之旅中的第二扇门后，门后呈现给我们的真相：亲密关系进入了权力争夺期阶段。努力着配合对方的"浪漫"，展现彼此最好一面的双方时常会因为疲惫而试着将自己的真实面貌展现给对方，开启了考验对方的接受程度和爱情的稳固性。好奇是这个阶段进入整合期的催化剂，通过沟通模式的运用，经历四个 A 的过程：觉察（AWARENESS）、承认（ACKNOWLEDGE）、接纳（ACCEPTION）、行动（ACTION）。比如，双方约定下午四点集合，一方却因为个人的生活习惯像往常一样又迟到了半个小时，又不及时回复对方的留言、电话，于是引起见面后双方的不快和争吵。争吵的背后传递出了这样的信息："你能告诉我怎么回事吗？为什么我最在意的地方，你这么不在乎？我想和你谈谈这件事，解决这个矛盾，而不是大发脾气。"当亲密关系的双方进入婚姻后，伴侣之间还将面临更多元的层面，除了朝夕相处的浪漫和爱，还要一起面对生活里的一地鸡毛和责任。双方的认识随之也变得更深刻，会发现一些不太理想，甚至很难接受的地方，生气、失望、愤怒的情绪不断涌现，双方开始进入到权力斗争阶段，彼此都期望对方按照自己舒服的样子改变，却忽略了自己也需要改变的现实。由于步入婚姻之后双方拥有的社会意义、价值和责任远比恋爱阶段繁多而复杂，这个阶段中，双方常常在进行心理上的较量，如扮演牺牲者控诉对方（迫害者），以让对方改变进而符合自己的期望。经过剧烈的冲突后，双方往往会找到平衡点，形成一种固定的权力争夺模式，在一方发出讯号时另一方便马上配合，让婚姻在斗争中变得疲惫不堪，久而久之，就容易进入冷漠期，很多伴侣在这个阶段就败下阵来，常会以性格不合的理由提出离婚，而事实是，这是每段亲密关系必经的阶段。但任何一件事都有其两面性，权力的争夺期也有其积极的意义，这个过程很刺激，双方可以借助其积极的一面激发内在的力量，看到彼此的真正差异，如果在这个阶段的磨合中，我们懂得倾听，了解真实的对方和对方真实的想法，将对关系的拼力控制转化为倾听和接纳，两个人便会一起走向推开亲密关系的第三扇大门。

在亲密关系第三扇门背后的冷漠期中，双方都没有那种想要改造对方的热情了，只剩下对婚姻的无奈和失望。如，丈夫可能会这样抱怨："老婆还是和以前那样，毕竟，女人嘛。"这种典型的不将自己置于问题脉络而将其视为女人或是男人这个"大问题"时，也让自己从婚姻这个整体中脱离了出去，似乎在论及一个更广阔的话题。冷漠阶段对婚姻有着很大的考验，双方都需要去寻找一些热情和浪漫，当这个需求无法被满足时，就只能够在其他方面寻找：有的人在孩子上找到新的热情，如希望孩子长大后与爸爸妈妈不同；有的寄希望于工作；有的从外遇中寻求满足。但这些很可能只是一个个循环。想要走出冷漠阶段，需要从对婚姻的失望、从权力斗争的无奈中看到自己，了解自己为什么失望，又是因为自己的哪些因应方式促成了这样的结果。在这个阶段只有双方都能对婚姻做出积极的努力和回应，我们才能在亲密之旅中继续前行。

当双方充满激情地爱过，疲惫不堪地吵过、闹过，理解了亲密关系里的无奈，仍然没有走散后，双方才开始真正进入到了对彼此的承诺期。承诺期的伴侣已经非常了解彼此，双方更像在同一片婚姻的土壤中的植物，努力地发展自己的根系，几乎完全接纳了对方的一切，承认了彼此的差异，相处的过程中不再纠结对错，婚恋专家们认为这个阶段才是双方决定共同养育新生命的最佳时期，因为双方的关系经前面三个阶段的锤炼得以稳固，有了越来越希望深刻链接的需求，各自成长的同时，彼此关注和接受，双方都不会轻易再要求对方去做出什么改变，而是尽可能顺应对方的天性。他们需要通过对新生命的孕育做出更加深刻的链接，并做出爱护、接纳、成就彼此余生的承诺，彼时，双方的亲密关系渐入佳境，他们即将迎来亲密关系之旅第五扇门——共同创造期。

在共同创造的阶段，亲密关系中的双方似乎又重新回到了热恋阶段的相爱和默契，但却更深入、更真实，双方已经看见了对方生命个体的全景画面并欣然接受，即了解彼此的长处、独特，又了解对方的弱点和平凡，双方几乎能做到对关系的全情投入和经营，无论是在物质经济上，还是在精神共建上，双方有着非常一致的目标和期望，并能通过各自的努力达成。营造出和谐、美满的家庭氛围和亲密关系，至于生活里偶有发生的不快、误解、埋怨已全然变成了亲密关系里的"调味剂"，没有人会因为这些"调味剂"而想到彻底地终止这段亲密关系，双方一起面对各种来自家庭内外的突变，并用尽可能低的代价和成本将其解决，而后夫妻双双把家还地继续亲密关系之旅，如果没有什么特别的意外，恭喜历经了这段亲密关系里曾有过五十次掐死对方、两百次离婚念头的双方正在走向白头偕老的岁月。

至此，我们才刚刚懂得，原来，每一段亲密关系都有它的生命周期，在这段生命里，我们就如皮尔斯博士所说：

我在这个世界上，
不是为你的期待而活。
你在这个世界上，
也不是为我的期待而活。
我们是活在彼此生命循环的关系里。

亲密关系中的放手与告别

　　那些没能在亲密关系中共同完成推开五扇门之旅的伴侣自然需要放手和告别，而没有学会亲密关系中的放手和告别是我们常常无法与自己和解的隐痛，但这一课在我们的成长过程中往往是缺失的，无论是我们所受的教育还是我们的原生家庭，没有人为我们讲过什么是好好地放手与告别。然而，放手和告别在我们的一生中是无法回避的问题，毕业时与朝夕相处的同学告别，恋情终止时与恋人的告别，友谊背叛时与朋友的告别，离职前与同事们的告别，婚姻结束时与伴侣的告别，家人离世前与至亲的告别……关系中的放手和告别有些时候是主动而积极的，比如，我们读完了大学和同窗四年的同学们告别，除了告别前对四年大学时光的依依不舍，更多的是对彼此的祝福，祝福我们的同窗好友大展宏图，在各自的岗位上实现自我价值，斩获幸福的人生，但人生的很多告别又是被动的、痛苦的甚至是心碎的，比如，当我们遭遇了背叛的友谊、糟糕的恋情、亲人的离世、婚姻的变故。因为，这是我们对一段与我们曾经有过深刻链接的亲密关系的告别，我们曾经在这些亲密关系中彼此爱过，彼此温暖，彼此信任，彼此尊重，安放我们的身体和心灵，获得对爱与安全感的满足。而放手和告别则意味着与这些彻底割裂，意味着放开我们已经拥有的爱与安全感，我们将被巨大的悲伤、心碎、愤怒、怨恨、疼痛、恐惧所裹挟，没有人愿意面对这些突如其来的抑或是不得不面对的痛苦和恐惧。

心理学的研究告诉我们，任何深入亲密关系的建立都需要相当长的时间并分成不同的阶段，而当亲密关系不得已面临分离和割裂时，同样需要假以时日，如果我们没有处理好这个过程，一段亲密关系的割裂和分离不仅会影响到我们对下一段亲密关系的处理，还有可能会带给我们终生的伤痛。否则的话，就不会有那么多因为伴侣之间亲密关系的终止处理不当发生的问题：一个人不断进入一段亲密关系，又不断终止，无法处理好每一段亲密关系。有的人即使生活在并不舒服的亲密关系中却仍因各种失衡和恐惧无法放手，最终因怨恨导致悲剧；还有的人因为极强的自恋和控制欲，无法接受一段糟糕的亲密关系的终止，而抱着玉石俱焚的态度毁掉对方。可见，学会在一段亲密的关系中体面地告别和放手并不是件容易的事儿。

为什么我们很容易全身心地投入一段亲密关系，但在面临终止一段亲密关系的时候却异常痛苦且久久无法释怀呢？科学家为了解决这个困扰人类的问题专门进行了研究，发现原来是大脑里VTA的作用，VTA是奖赏系统的一部分，当它处于活跃状态时能释放出多巴胺等神经递质，令我们兴奋和开心，可它并不懂得亲密关系被终止和放手的事实，却还保持着与上一段亲密关系的愉快链接，让生命个体回忆起曾经美好的时光，自然久久不易忘怀。如果我们长时间内没有开启下一段高质量的亲密关系，就会长时间徘徊在上一段亲密关系的美好记忆中，这也是为什么很多伴侣在分开后，迅速地通过一段新的亲密关系取代上一段的亲密关系，以修复大脑中的VTA，而还有的伴侣经过一定的冷静期后又选择了重归于好。那些既无法回归或者不想回归到上一段亲密关系，又不希望立刻开始一段新的亲密关系的人就不得不学会放手和告别，且尽可能地体面些。

亲密关系的建立有五个阶段的成长过程，同样，在终结和告别亲密关系的过程中，一样需要终结的时间和阶段。来自田纳西的心理专家开发出一套可测量亲密关系终结的量表，对平均20岁的大学生进行了调研，调研分两次进行，中间间隔了两个月，有意思的是调查结果表明，亲密关系的终结同样是五个阶段：意向前期、沉思期、准备期、行动期和维持期。这份成果发表在2016年的《大学咨询期刊》（Journal of College Consulting）上。在意向前期，处在亲密关系的双方认为伴侣很合适，没有做出改变的想法。进入沉思期后，双方或者一方开始考虑变化。准备期时，双方或一方开始思考如何做出终结或改变。进入行动期阶段的时候，双方或一方开始采取行动，比如，直接提出分手，故意冷淡躲避对方，拒绝对方的各种请求，拒绝重复的沟通和交流等。当进入到维持期后，双方或一方坚持结束亲密关系并尽量避免同时出现在同一场合。写到这，我不得不停下笔来，我禁不住在想，如果世间的伴侣都能更早学习到亲密关系的本质及其背后的科学奥秘，并了解到无论是亲密关系的建立还是终止都需要一定的时间和阶段，甚至还需要些技巧和艺术，是否就不会有那么多无奈、遗憾甚至是悲剧的发生了呢？相比于那些日后我们得以谋生的专业知识来说，这些决定着我们人生幸福指数的亲密关系课更应该被提上日程，出现在我们的教育培养方案中，一个无法处理好各种人际关系、亲密关系的人是无法把握好自己的人生之旅的。

现在，我们已经知道了亲密关系的流动性、阶段性，也了解了为什么我们不愿意终止亲密关系的原因，且学习了不合适的亲密关系需要被终止。因为，只有当我们从上一段亲密关系中放手和彻底地告别，我们才能开启新一段的亲密关系并全身心地投入，重建大脑的腹侧区域的 VTA 的反射模式，重新让自己快乐和幸福起来，我们才能真正地学会与自己的和解，与上一段亲密关系中的伴侣和解，开启新的亲密关系之旅，既然这样，我们为什么不潇洒地学会放手，体面地转身，送出我们祝福，这祝福最终也会回到我们的身上，让我们收获人生的幸福。

挪威卑尔根

培养对美、爱与善的感知力

第五章

只有曾经的努力搬砖，才有日后的以梦为马
——获得财务自由的智慧

———————————◆———————————

　　放眼看去，那些比我们有天赋、有资质的人都是如此的自立和自律，我们又有什么理由还没有开始奋斗就大喊着讨要自由？这世上没有绝对的自由，唯有在这之前的自立和自律才会让我们获得相对的自由，你想要获得多少自由，就先需要付出等值的努力和汗水，且在自立和自律的付出后争取的自由闪闪发光，无人能挡，让你随时可以有和这个世界说"不"的勇气和底气，大踏步头也不回地离开，去拥抱生活的崭新和瑰丽。

幸福与财富的关系

在一切都追求速成的时代，很多人都在犯同一个错误：急功近利。有的人梦想着一夜暴富，有的人梦想着一夕成名，稍好一些的则希望通过自己的打拼赚取人生的第一桶金，但却疲于奔命，无暇享受生活。而事实却是回报往往是努力与专注后水到渠成的收获，这也是个先有鸡还是先有蛋的问题。在社会大环境下，大多数人被浓厚的商业气息所裹挟，人人似乎都做着发财梦，人人都渴望成为老板、CEO。大街小巷商铺林立，同学朋友小聚谈的也大多是房产经济、孩子教育。不难否认，生计、住房、医疗、教育的高额成本是我们无法回避的现实压力，但上到一个国家，下到一个普通的百姓，当人人都想着去经商赚钱或者将大部分精力投放在财富的积累上时，民族产业的创新和精神文明建设该如何考虑，我们的幸福指数是否随着财富的堆积有所提升，很显然，这是一个需要我们的社会与个人共同反思的问题。

诺贝尔经济学奖得主丹尼尔·卡尼曼[1]在过去几年里将注意力

1.丹尼尔·卡尼曼（Daniel Kahneman，1934— ），以色列裔美国心理学家，获得 2002 年诺贝尔经济学奖。于 2011 年出版了心理学畅销书《快思慢想》。

转移到了有关幸福的研究上，在他的研究中，几乎没有找到幸福和财富的必然联系。心理学家大卫·迈尔斯[1]和他的同事们发现，幸福与财富之间的关联性非常低，唯一的例外是在一些极穷困的地区，在这些地区基本的生活条件都得不到满足。有报告指出，在过去的50年里，美国一代代人的富有程度越来越高，但幸福指数却没有什么变化。

在喜马拉雅山南麓，与中国毗邻的小国不丹，人均国民所得仅1400美元，快乐指数却在全球排名第八，亚洲排名第一，比人均所得41800美元的美国高出9名。不丹原内政部长吉莫廷礼深有体会地说："真正有品质的生活，不是生活在有高物质享受的地方，而是在拥有丰富的精神与文化之处。"不丹之所以有很高的幸福指数，它的秘密是在国家建设上一直秉承老国王辛格提出的"国家快乐力"发展方向，坚持人文效益、生态效益和社会效益高于经济效益的理念，国家不养军队，人民享有免费的医疗和教育，整个国家全民禁烟，没有重工业，生态优美，空气清新宜人，花香稻香沁人心脾，注重农田不乱施肥，保护树林植被，放弃开采山中矿石，全国的森林覆盖率达72%，26%的国土为国家公园，到处是如瑞士般的优美谷地，被誉为"森林之国""花卉之国""天然氧吧"。人民致力追求的不是做生意赚钱，而是受更好的教育。不丹"国民幸福总值"包括教育、心理幸福感、健康、时间支配、文化多样性、善治、社区活力、生态多样

1.大卫·迈尔斯（David Myers，1942—　），美国密歇根州希望学院（Hope College）的心理学教授，著有17本书，代表作：《心理学》《探索心理学》《社会心理学》等畅销教科书，以及涉及信仰问题的大众读物。

性和恢复力、生活水平九大类，而 GDP 只占幸福总值的 1/72。从国王到富人，没有人炫耀财富，国王皇宫甚至比许多民宅还要小！山边路旁、房顶门前，随处可见五彩经幡随风飘动，似乎人人都热爱着这个幸福的国度。而在全球国家幸福指数排名中多年名列前茅的丹麦、芬兰、挪威、瑞典等北欧国家，除了发达的经济，主要因为有着完善的社会福利保障，良好的教育、医疗以及丰富的精神文化生活使得人们生活安逸舒适，文化富有多样性和包容性，社区富有活力，令人们内心充满幸福感。由此可见，财富和幸福感确实有一些正相关关系，但无必然联系，多国比较研究发现，人均产值 8000 美元以上的国家中，财富和幸福感之间没有任何相关关系。没有财富，很难谈及幸福，但财富膨胀到一定程度以后，财富的增长对于幸福感影响的效用却越来越低，拥有中等财富的中产人群，反倒可能是幸福感最强的人群。也只有在幸福指数较高的国度里，人们特别是作为国家栋梁的年轻一代才乐于专注于自己感兴趣的领域，乐于去求知、探索、研究，进而再去创新，因为创新是一个需要不断投入精力、人力、物力的过程。如果从大环境上，从国家、社会到地方政府积极鼓励和倡导全面提升我们的幸福指数，弱化商业利益，逐渐减小贫富差距，解决人们在教育、医疗、居住等方面的巨大压力，宣传媒体也能从精神文明建设上多做些努力，整个社会才不会陷于急于求成的焦虑，个体安居乐业，并能专注在自己的领域中深耕细作，进而形成从个体到社会的良性循环体系，激发人们的创造、创新能力，在不断创造财富的同时，提升国家幸福力和人民的幸福指数。

自由的前提是自立和自律

　　没有人不向往自由，因为在自由的最高境界里，每个生命都可以活出最为舒展的状态。比如，让植物界里的一颗沙棘果自由地生长，它的根系可长到地下 50 米，向四周延展到三四百米，也因此它的体内才会吸收大量的营养物质，它的果子里才会有428 种活性营养物质，因此，近年来，富有营养的沙棘果果汁儿备受消费者青睐。而从小到大，我们人类却似乎一直生活在不自由的状态里，父母的管教、老师的监督、上司的苛责、伴侣的要求，责任、压力和约束无处不在，于是，我们更加渴望自由，常常希望能像鸟儿一样自由飞翔，能像鱼儿一样自由游弋。

　　但这世上并没有绝对自由，自由也不是人类追求的终极目的，幸福才是，而幸福就是当我们五个需求层次获得满足后的终极体验。认清了人生的本质之后，你便会发现，自由需要一定的前提，那就是建立在自立和自律基础之上，是相对的自由，否则就是海市蜃楼。很多人羡慕李子柒在乡野田间的自由生活，也羡慕她 29 岁就身家过亿、衣食无忧的岁月，但早在她大火之前的几年前，为了报答奶奶的养育之恩，她就回乡开始了踏实的生活，她从小就和爷爷奶奶生活在一起，14岁开始辍学打工，自强自立，她做过各种工作，直到得知奶奶生病，才下定决心回家一边照顾奶奶，一边凭借自己的天赋和专注，投身到乡村生活美学的溯源和传播中。为了给奶奶做床蚕丝被子，她从养蚕学起；为了酿造传统的酱油，她从种豆子做起；为了做出面包，她自己搬砖砌灶，硬是造出个烤面包的面包窑子；为了能将这山野乡村的生活美学传播出去，她又承包了拍摄、剪辑、制作的工作……在那些美丽的画面之后，在子柒那令人艳羡的自由背后，她比大多数人付出了更多的辛苦和努力，试想：换作你我，能选择回到一切需要从零开始的乡村吗？能耐住被世界认可之前那些年的寂寞，能一个人肩挑背扛地忙碌，一路坚持不懈，持续地学习进步吗？……这其中的任何一个否定都造就不了今天的子柒，我们看到的子柒的自由、美丽和被世界的认可，正是子柒的自立和自律经过15年时间岁月淬炼、沉淀后的必然。同样，那些我们看上去自由自在的人生大都是用我们看不到的奋斗、打拼换来的回报，且他们曾经的付出和努力，承受的孤独和疼痛远乎我们的想象。

获得相对自由人生的意义在于我们可以看到更大的世界，拥有更开阔的人生，有更多的选择。几年前，我去英国一所一流大学谈合作，给我留下印象最深的地方是大学里的图书馆。抵达的当天因为时差我难以入睡，便去校园里溜达，当进到大学图书馆的时候，已是凌晨1点，出现在眼前的景象令我瞠目，整个图书馆几乎座无虚席，鸦雀无声，学生们都在专注地读书、学习。我好奇地问一旁的管理员：是不是快到期末考试了，学生们才这么努力？管理员摇摇头说："除了放寒暑假，几乎每天都是这样，你如果去剑桥和哈佛大学，会发现那里凌晨四点的图书馆都是这样的。"瞧，当我们还在蒙头大睡，或是沉迷于电玩的时候，那些远比我们优秀的人却在读书，这些社会未来的精英们除了拥有比我们普通人高的高智商、高情商之外，还付出了远比我们想象得多的努力！日后也必然会在精神和物质上获得比普通人更多的选择，拥有更多的自由，而这一切正是源自他们的自立和自律。

"你们见过凌晨四点的洛杉矶吗？"这是逝去的前 NBA 球员科比留给世人的最简单却也最直击人心的话。2020 年 1 月 26 日的清晨，当我从加拿大度假的公寓中醒来翻看手机时，发现整个朋友圈被科比因飞机失事逝世的消息刷屏，科比是谁？为什么他的离去惊动了这么多人，为他的离去顿足捶胸，哀叹不已？为什么他有着那么大的魅力，成为几代人的精神楷模？科比·布赖恩特，前 NBA 球星乔·布赖恩特的儿子，职业篮球队员，生前效力于美国 NBA 湖人队。这个 3 岁就开始打球，还是高中生时就加入 NBA 的职业选手，曾经帮助湖人队拿下 5 次冠军，NBA 30000 分最年轻的选手，的确有着强大的子承父业的篮球基因和天赋，但这世界上，有天赋的篮球选手很多，而科比却只有一个。这个得分王短暂的一生除了为我们留下了无数的经典球场瞬间的记忆，更因为他那超乎寻常的自律和坚韧，因为科比精神而成为一代又一代努力奋斗着的年轻人的榜样！当年的科比曾有过一整个赛季 0 分的纪录，此后，他每天凌晨 3 点准时起床去球馆训练。罗伯特·阿勒特，是美国一位知名的体能训练师。他在《我和科比的训练故事》一书中曾这样回忆：在备战 2012 年伦敦奥运会期间，罗伯特和美国男子篮球队一同来到拉斯维加斯集训。在队员们开始合练的前一个晚上，忙了一天的罗伯特正准备上床休息，手机响了起来。他想，这么晚是谁打来电话呢？因为时间已是凌晨 3 点 30 分。不会发生什么意外吧！罗伯特有些紧张地接起电话。电话的那一边是科比。"罗伯特先生，希望没打扰你。"科比礼貌地问着，没有一点大牌球星的架子，尽管罗伯特困得快要支持不住了，但他仍然很客气地说："怎么会打扰呢？科比，有什么事吗？"电话那头的科比说："我想知道，你是否能帮我做点体能训练？""当然，一会儿在训练馆里见！"罗伯特挂了电话，便匆匆往训练馆赶，他想，不能让科比在那儿等着。到了训练馆，罗伯特吃了一惊，原来科比早已到达训练馆，而且他已经练得浑身是汗，像刚从水中爬出来的一样。见到罗伯特的科比说："辛苦你了，我们开始吧。"在罗伯特的指导下，科比用了 1 小时 15 分钟进行体能训练，然后是 45 分钟的力量训练。当时间快到早晨 6 点的时候，罗伯特实在有些坚持不住了，对科比说："对不起，我要回酒店休息了。"而科比却说："辛苦你了，谢谢你！也好，我去练投篮。"那一天里，科比在自我的训练中投中了 800 次，不久之后，他每天可以投中 1000 次。在后来一次的电视采访中，当有记者问他："你为什么能如此成功？""你知道洛杉矶每天早上 4 点钟是什么样子吗？"科比反问道。记者摇摇头说："不知道。那你说说洛杉矶每天早上 4 点钟究竟是什么样？"科比挠挠头，说："满天星星，寥落的灯光，行人很少。"说到这里，科比笑了，"究竟是什么样子，我也不太清楚。但这没有关系，你说是吗？每天早上 4 点，洛杉矶仍然在黑暗中，我就起床行走在黑暗的洛杉矶街道上。一天过去了，洛杉矶凌晨的黑暗没有改变；两天过去了，凌晨的黑暗依然没有改变；10多年过去了，洛杉矶早晨4点的黑暗仍然没有改变，但我已变成了肌肉强健、有体能、有力量、有着很高投篮命中率的运动员。"这就是每天凌晨里的科比，科比的凌晨，正是他超乎常人的自立和自律让他最终成为湖人队的精神领袖，以自由飞人的身份驰骋在篮球场上，带领湖人队创下丰硕的战绩，书写和刷新NBA赛季的历史纪录。他的每场球赛都是一部励志大片，让人看后激动不已，人心震动，这也是为什么他能成为几代年轻人的精神楷模。

放眼看去，那些比我们有天赋、有资质的人都是如此自立和自律，我们又有什么理由还没有开始奋斗就大喊着讨要自由？这世上没有绝对的自由，唯有在这之前的自立和自律才会让我们获得相对的自由，你想要获得多少自由，就先需要付出等值的努力和汗水，且在自立和自律的付出后争取的自由闪闪发光，无人能挡，让你随时可以有和这个世界说"不"的勇气和底气，大踏步头也不回地离开，去拥抱生活的崭新和瑰丽。

在奋斗的年龄里不要寻求安逸

你不喜欢做个上班族并没有错，但不工作就是在纵容你的任性和懒惰。

你可以不选择早八晚五的工作，可以与合伙人一起去创业，也可以根据自己的专业能力选择做一份自由职业，但如果在该奋斗的年龄里你却非要选择安逸，那么你的人生自然就会与别人的人生存在巨大的差异。这差异除了体现在社会地位、经济实力上，还会涉及人生的方方面面。问题是，当我们正青春的时候，手里明明都握着同一副牌，甚至你的牌比其他人的都要好的时候，你却选择安逸。牌局上我们最终输的或许只是一次游戏，但在漫长的岁月中，如果我们没有善用正青春的资源，我们输的则是自己的人生，而没有人会想要这样的人生。

安逸是指一个人在身体或精神上的舒适与享受。单纯的安逸正是我们努力奋斗后终极追求的健康状态，闲来庭前看花，静时一盏清茶，但如果在我们尚未获得经济和精神独立的时候就去东施效颦，最终我们的身体和精神也会随之陷入萎靡和颓废。最近几年，一种远离尘嚣、进山生活的趋势流行开来，在媒体的大肆宣扬下，一些初入社会的年轻人因为在职场屡屡受挫便加入了这支远离世俗的队伍，开始进入不同的山区寻求所谓的世外桃源的安逸生活。回归自然、返璞归真原本是一种健康的生活状态，也是很多人的终极梦想，远有美国著名的自然主义作家亨利·戴维·梭罗和他的《瓦尔登湖》，近有文化学者余秋雨走访名山大川，带着对中华文明盛衰的思考写出的《山居笔记》，以及近年在倡导保护环境、爱护自然的呼声里，大批年轻的设计师、建筑师、艺术家走进山村乡野为当地居民和孩子建图书馆、校园的民间自发行为。但同时，也有很多尚不能独立生活的青年人为了逃避生活和工作的压力躲进深山去寻求所谓安逸的举动，他们入不敷出，甚至还经常伸手向家里寻求经济和物质的支持，既没有面对外面世界的勇气，也没有像子柒那样的脚踏实地，却还口口声声宣扬自己是纯朴的自然主义。

在大学工作的岁月让我有很多接触学生的机会，令人最为痛心的时候常常是看到每届学生中都有因为不及格挂科而被劝退或无法毕业的现象。有的学生居然一年中会挂8门功课，有的沉迷于游戏，有的大量旷课。其次，我们对学生就业意向做了统计研究，发现有很多学生之所以读研究生是因为想进入体制内工作，而进入体制内工作的原因一是觉得工作稳定，待遇优厚，另一个很重要的原因是认为体制内的工作十分安逸，鲜少加班，周末能双休，不像在企业或公司里工作那么辛苦。诚然，我们并不提倡有损于健康的超负荷工作，但是，在我们从小学到大学历经将近20年的求学生涯后，就为了寻求一份安逸的工作岂不是对鲜活生命的浪费？这不仅是教育的失败，也是我们人生的失败，教育本身是激发生命个体的生命力、创造力及追求幸福的能力，是为国家与社会培养栋梁而存在的体系，结果我们培育出来的人是那么的萎靡和颓废，何谈大到对社会的贡献与创新，小到对父母的反哺与回馈、对自己人生的珍惜和负责呢？如果在本该奋斗的年龄里选择了所谓的安逸，任岁月蹉跎，那么在不能或无法奋斗的年龄里，我们只有遗憾、困顿和悔恨。

马云在创建阿里巴巴之前曾做过大学老师、推销员，雷军在做成小米之前，曾在金山公司坚持十几年，创建苹果公司的乔布斯怀抱着儿时的梦想，创造出一种能改变世界的产品，遂将自己青春的全部热情贡献给了他的梦想，也最终做到了。当正青春的你想放任自己安逸的时候，就去大学里的图书馆看看，看看你的同龄人都正在做什么。青春是最美的岁月，是的，青春的光阴可以有无数种度过的方式，但唯有奋斗的青春最美丽。

平凡的是生活，不平凡的是人生

你也许会说，我没有那么大的志向和梦想，也没有那些大人物的天赋和智商，我一生只希望做好一个凡人，过好平凡的一生。或许从来没有人告诉过你，过好平凡的一生往大里说是个永恒的哲学命题，往小处说，其实也是一个人不小的志向和梦想，而且更接地气儿，因为我们中的大部分人都会平凡地度过一生，能将平凡的生活过得精彩本身就是一种智慧。遗憾的是，正在高速发展的商业与物质型社会一直在过于宣扬成功的价值，且评判成功标准单一、苍白。学校里大部分的教育除了传授科学知识外，鲜有关于对平凡人生的认可与认知的传授。似乎人人都只有一个目标：将自己培养成为社会的精英、中流砥柱、成功大咖。而事实却是，小人物一样可以活得成功而精彩，平凡的人一样可以过得不平凡。因为成功和不凡并不应该有着固定的量化标准，它与幸福一样，一千个人有一千种成功，一万个人有一万种不凡，只要我们在岁月中时时能感受到来自内心的从容、喜悦、快乐和满足，并没有伤害任何人，就可以说我们的人生是幸福、成功和不凡的。

路遥的《平凡的世界》之所以获得了中国文学殿堂的最高荣誉——茅盾文学奖，正是因为它以孙少平和孙少安两个兄弟为中心，成功刻画了当时社会一群普通人的形象，作者保持着一种温暖的情怀，对普通人的生活方式做到了极大的尊重和认同，更通过这部作品告诉我们这样的人生真谛：人，无论地位多么低微，无论多么贫寒，只要一颗火热的心在，只要能热爱生活，生活对他就是平等的。踏实地做一名勤恳的劳动者，不把不幸当作负担，才能去做生活的主人，用自己真诚的心去体验生活，生活最终也会给予他最真诚的回报。虽然如今的社会背景已大有改变，但这部耗时 6 年的杰作之所以有着它生生不息的灵魂，就是因为路遥笔下的人物一直栩栩如生地活在我们中间，他们就是当下的你、我、他，如果你认真地去读读这部作品，它将为你打开一扇如何过好平凡一生的大门，我们的人生格局也会随之发生改变：开阔且坚定，温暖且从容，这就是一部伟大之书的魅力与力量所在，它恰恰是无数个平凡之人的人生写照。

毛姆在《月亮与六便士》里写道："我拼尽全力，过着平凡的一生。"不难看出，平凡的生活一样需要奋斗，因为生活虽然平凡，人生却是不平凡的，它会随时给我们提出各种问题和挑战，伴随各种变动和变故，需要我们从精神物质等各方面应对和投入。没有人什么都不做就可以顺顺利利、一劳永逸地度过一生，而且就算是平凡的人生里，我们也一样有马斯洛的五种需求，且只有在这些需求一一得以实现的时候，我们平凡的一生才会获得满足，这是科学，更是人性使然。我们知道，在哈佛大学那个著名的人生轨迹跟踪实验中显示，不论出身如何，我们中的大部分人最终几乎都会平凡地度过一生。朴树在他的那首《平凡之路》中这样唱道：我曾经跨过山和大海／也穿过人山人海／我曾经拥有着的一切／转眼都飘散如烟／我曾经失落失望失掉所有方向／直到看见平凡才是唯一的答案。当我们用尽力气，全然投入，勇敢尝试后，我们或许依旧没有那些灿烂耀眼的光环，没有位高权重的社会地位，没有腰缠万贯的财富，我们仍然是一个个小人物，一个伏案码字的秘书，一位编辑部里的编辑，一个房地产销售员，一个安静的咖啡师，一个卖煎饼果子的料理师，一个温柔呵护孩子的母亲……可那又如何，如果我们都能以平凡人的心态过好当下平凡的生活，在平凡的岗位上做好平凡的工作，热爱日复一日平凡的人间烟火，那么每个平凡人的平凡之路都会有其精彩的不凡之处，因为平凡之路本身就是一部伟大的小说，它的书写者正是如你我一样的平凡人。

在你喜欢的领域里投入 10000 个小时

不论我们是怎样平凡的小人物，生而为人，既然要在这个来过一次的世上走过，且过得精彩，那么身怀绝技就是必要条件，就像狼会捕鹿、熊会抓鱼、鸟会叼虫一样，动物们那些来自天性的技能是为了保证自己能在有限的大自然的资源里生存和繁衍后代。而我们人类，除了要实现上述的两个目标外，因为我们会思考且有语言表达天赋，自然我们有着更高级的追求，我们还需要通过自己的技艺去实现我们的人生价值，获得自我超越的满足。

德国科学家经过对数以千计从事艺术、体育、文学等职业人的跟踪研究发现，当我们持续、专注地在一个领域里工作或研究超过 10000 个小时以上，我们就完全有可能成为这个领域的专家。美国佛罗里达州立大学的心理学家安德斯·埃里克森[1] 花费数月时间考察了柏林音乐学院的小提琴家，结果发现，最出色小提琴手在他们一生中平均花了 10000 小时练习，而成绩最为平平的平均花费了大约 4000 小时。研究发现，刻意练习对人类在

---

1. 安德斯·埃里克森（K. Anders Ericsson, 1947—2020），瑞典心理学家、康拉迪杰出学者。曾任美国佛罗里达州立大学教授。

一半烟火以谋生，一半烟火以谋爱

各个专业领域内的提升有一定的作用：如能够提升人在游戏领域26%的表现，音乐领域里21%的表现，体育领域里18%的表现，教育领域里4%的表现。作家格拉德威尔[1]也在《异类》一书中指出："人们眼中的天才之所以卓越非凡，并非天资超人一等，而是付出了持续不断的努力。"10000小时的锤炼是任何人从平凡变成超凡的必要条件，他将此称为"一万小时定律"。如果我们每天工作八个小时，一周工作五天，那么根据"一万小时定律"来换算，一个人想成为一个领域的专家至少需要五年。尽管这一大概率原则的最终实现还需要诸如天赋基因、高级培训、系统学习等条件的制约，但至少向我们传递出了这样的信息：在某个我们感兴趣的领域里不断钻研和练习是从A到B的最佳路径，而不是什么其他的秘籍使然。那些我们看到的成果，正是遵循了"一万小时定律"的产出，乔布斯在研发出苹果手机前历经了数年的实验、推翻、再实验的过程，科比在成为NBA飞人前经历的是无数个凌晨四点洛杉矶训练馆里的投篮动作，华罗庚在发表《苏家驹之代数的五次方程式解法不能成立之理由》轰动全世界数学界之前已经进行了无数次演算。

或许你会问，我为什么非要成为一个领域的专家呢？它能让我们有什么收获？那么，我就接着用量化的数字来聊聊有关某个领域专家的话题。《自然》杂志2016年的薪酬调查显示，2015年美国加利福尼亚大学里，有29名医学研究者的人均收入超过100万美元，10名以上的非临床研究者收入在40万美元以上。

1.格拉德威尔（Malcolm Timothy Gladwell，1963—　），《纽约客》杂志撰稿人及畅销作家。代表作：《引爆流行》《眨眼之间》《异类》《大开眼界》《解密陌生人》等。

然而，数以千计的博士后年收入在 5 万美元以下。德国顶尖科学家税后工资是每月 4500 欧元以上，还有各种补贴。另外，他们当中许多人兼职为企业高管提供咨询服务，收入是工资的几倍。到 65 岁退休时，德国顶尖的科学家平均可领取最高工资的 72% 作为退休金，而一般公司雇员所得退休金平均约占工资纯收入的 47%。德国社民党联邦议员劳特巴赫曾称，国家给一个教授的退休金总额大约是一个酒吧服务员的 20 倍。当然，这里的例子我们选择的是顶尖的科学家，你也可以通过各种方式收集到不同职业职级岗位的收入量化指标并看到其中的差距，你会发现，任何一个领域的专家与普通人员之间的收入都存在着巨大的差距，此外，在社会地位、公共资源等各个方面，具有专家级别的人都占据着更大的优势。很显然，那种在不同岗位中跳来跳去的行为我们并不十分提倡，为了你能获取相对成功而幸福的人生，我更建议大家在一个你感兴趣的领域中深入进去，善用一万小时定律的原则，将有限的精力集中在对某一专业领域的精耕细作，最终做到专家的级别，那么无论在物质层面还是在精神层面，你都将获益不菲。

当然，10000 个小时的坚持与练习并不是我们在某个领域里成功的必然，它更多的是向我们传递了这样的原则：在认准方向、掌握方法的前提下，坚持练习与学习，我们终会在某个领域中有所收获，这是一个放之四海皆准的法则。

多一分匠人精神，少一分商人的算计

近年来，随着人们生活水平的提高，人们对涉及生活里方方面面的物品与服务的质量要求也日益提升，相比于大量快消品而言，人们开始更青睐"匠人"们手工制作的东西，因为这些作品往往既有独一无二的特性又有高品质的功能性，可以充分满足人们对高品质生活的需求。"匠人精神"也越来越被认可，这是社会经济与文明发展到一定程度后的必然趋势。在令人眼花缭乱的商业时代，一个人能耐得住寂寞，反复在一个领域中或物品上进行"打磨"，将其做到极致，为人们提供优质物品的同时，也传递出了一种精神，而这种精神就是"匠人精神"。它意味深远，代表着一个时代的气质，与坚定、踏实、精益求精相连，我们的社会目前所缺少的正是这种精神。

根据统计，全球寿命超过 200 年的企业，日本有 3146 家，为全球最多，德国有 837 家，荷兰有 222 家，法国有 196 家。为什么长寿企业扎堆在这些国家？是一种偶然吗？它们长寿的秘诀是什么呢？经过人们的研究发现，这些国家孕育孵化出的百年企业秘诀在于：他们都在传承着最古老的匠人精神。日本的匠人精神是全球公认的，这种匠人精神贯穿在大到松下、索尼、丰田这样的全球性企业，小到市井职人。冈野信雄，日本神户的小工匠，30多年来只做一件事：旧书修复。在别人看来，这件事实在枯燥无味，而冈野信雄乐此不疲，最后修复出了奇迹：任何污损严重、破烂不堪的旧书，只要经过他的手即恢复如新，就像施了魔法。在日本，类似冈野信雄这样的工匠灿若繁星，竹艺、金属网编、蓝染、铁器等，许多行业都存在一批对自己的工作有着近乎神经质般追求的匠人。他们对自己的出品几近苛刻，对自己的手艺充满骄傲甚至自负，对自己的工作从无厌倦并永远追求尽善尽美。如果任凭质量不好的产品流通到市面上，这些日本工匠（多称"职人"）会将之看成是一种耻辱，与收获多少金钱无关。这正是我们应当学习的工匠精神。其实，这种匠人精神早在2300多年前中国的《庄子》中就有记述。梓庆是鲁国的一位木匠，鐻（jù）是古代的一种乐器。话说梓庆用木头雕刻的鐻，见过的人都觉得精巧到只有鬼神之工才能做得出。鲁王就问梓庆："这么精妙的东西是如何做出来的？有什么奥妙吗？"梓庆说道："我只是一个木匠，哪有什么奥妙呢？只不过在做工前，不敢耗费精神，静养聚气，斋戒三天，不再怀有庆贺、赏赐、获取爵位和俸禄的思想。斋戒五天，不再心存非议、夸誉、技巧或笨拙的杂念。斋戒七天，已不为外物所动，似乎忘掉了自己的四肢和形体。然后我便进入山林，观察各种木料，选择好质地、外形最与鐻相合的，此时鐻的形象已经呈现于我的眼前。然后我将全部心血凝聚于此，专心致志，精雕细刻，将自己纯真的本性与木料的自然天性融合制作，器物精妙似鬼神之工，也许就是因为这些吧。"梓庆朴实无华地述说了 2300 年前一位中国匠人的精神境界与风骨，让人回味。而事实上，这种"匠人精神"也一直在传承和延续，《我在故宫修文物》的钟表组里的王津师傅，日复一日在工作室里修复古董钟表，一修就是几十年，经他修复的钟表都是全中国乃至全世界最高品质的古董级钟表，他恢复和保留下了大量珍贵的文化遗产和文物；连环画泰斗贺友直先生一生致力于中国本土连环画的创作，从业 50 多年里，完成了以《山乡巨变》《李双双》《小二黑结婚》为代表的国宝级经典，还有诸多在木匠、砖雕、摄影等领域的大师级匠人，而他们每个人几乎都有匠人身上的那份温暖而谦逊、执着而内敛的气质。

随着工业化的发展和进步，以及电子时代、互联网时代再到大数据时代转变，生产效率得以大幅度提升，很多农耕时代最原始的手作工艺也随之被淘汰和湮没，但任何事物都有其两面性，科技的进步、商业的发展在提高生产力、解放劳动力的同时，也让人类进入了高速运转的商业时代，环境污染、资源滥用、身心健康等诸多问题也接踵而至，人们开始怀念和渴望回归质朴纯真的生活，呼唤以专业、单纯、用心、独特为核心的"匠人精神"重现。令人欣喜的是，有越来越多的人开始遵从自己的内心，更难能可贵的是为生活和工作投入一分匠人的精神，少一分商人的算计。有的人开了间小小的书店，为一座城池坚守精神的港湾；有的人辞掉工作，精心打理一家咖啡馆，坚持用最好的咖啡豆、最好的手冲技术为路人送上一杯高品质的咖啡；有的人建了座美术馆，定期开办艺术展，满足广大艺术爱好者对美的需求，还有的年轻人选择了远离都市，走进大自然，在那里开起了民宿或者去边远的山区支教，当了一名朴实的教书匠，在充满匠气的生活中最终找到了与自我的和解之路。

懂得与自己和解的人多少都是有着"匠人精神"的人，因为，不论周围环境的诱惑有多么巨大，他们都懂得听从自己内心的声音，坚守自己对所热爱工作的原则和底线，置外界的喧嚣于不顾，全神贯注地做好自己手头的工作，对待工作不懈不怠、严谨、认真，摆脱急功近利的心态带来的焦虑和压力，有这样的生活与工作态度，加之坚持不懈的努力和投入，回报自是这之后水到渠成的结果，在多一分匠人精神、少一分商人算计的打磨之后，所有我们那些耐住寂寞的时光都会为我们带来生活上的富足和稳定，更会让我们体会到工作的价值和人生的意义。

利用好时间的价值实现财富的独立和自由

时间是有价值的，而且很公平。你可能没有良好的家世背景，没有太高的学识、能力，但你有时间。而且，上苍的相对公平在于，它给我们每个人的时间基本是相同的，如果我们能充分利用、管理好时间，善用我们的生命，一样会实现财富的独立和自由，进而实现属于自己的自由人生和价值。"匠人精神"可以让我们褪去内心的浮躁，更能让我们从各种矫情中醒来，既然我们没有天生就躺赢的命，那就别再去生各种矫情的病。在我们讨论的开篇，我们就从马斯洛的需求层次入手，探讨了工作的价值，它并不仅仅是赚钱那么简单的事儿，而是承载着人类对基本生存、获得尊重、实现价值、自我超越不同层次需求的功能和任务，所以，我们需要开始一份喜欢的工作，获得为实现上述功能现金流的同时，注入"匠人精神"和热爱坚持下去，走上与自我和解之路，找寻到生命的意义。

找一份喜欢的工作并坚持下去，从商业运营的角度看，就相当于你自己开了家公司，做了自己的老板。那么，接下来，你又该如何去经营你的这份工作呢？如果一份你喜欢的工作你都没有做好，也没有尝试过尽力去经营它，甚至不久就这山望着那山高地走人、跳槽，三天打鱼，两天晒网，消极怠工，那么趁早别去做当什么老板的梦，因为，不是你运气不好，而是你还不够坚持和努力。如果你还想通过自己的打拼赚取自己想要的生活，那么就坚持读下去，然后即刻行动并一路坚持下去。

让我们先来算一笔账，假设你每个月打工有 5000 元的现金流收入，按照目前的银行利率及金融市场投资的平均年化收益率 5% 计算，就相当于你正在运作一个投资 100 万的小型公司，如果每个月你通过工作能有 10000 元的现金流收入，那么就相当于自己在运营一个投入 200 万的公司，依此可以类推，这样你便会对自己的价值有个量化的概念，也转化下看问题的角度。现在，你可能就不会仅局限在每个月只有 5000 元的收入，为了这 5000 元你要早出晚归地裹挟在上班大潮中这么狭隘的问题上了，因为财富自由不是想出来的，更不是抱怨出来的，而是利用时间的杠杆经营出来的。也就是说，现在你需要学会站在经营者的角度去思考问题，你该如何去经营这个每天占用你 8 小时甚至更多时间、投入 100 万创业资金的公司，让每个月 5000 元的现金流充分地运转起来，通过再投入及你的运营变成每个月 6000 元、8000 元甚至更多呢？这就需要我们学习和掌握一些基本的投资和理财技能，因为我们永远赚不到我们认知之外的财富，而君子爱财，取之有道，其中的道就是我们对财富的认知。

首先，我们要有的概念就是标准普尔家庭资产配置，也就是财富中的风险分散，将我们通过辛苦工作积累起来的财富和资产进行合理的配置，根据这个国际公认的配置原则，我们需要把家庭资产分为四个部分：其中日常生活中要花的钱占比总资产的10%，保命的钱占比总资产的20%，用来投资实现大幅增值的钱占比总资产的30%，实现稳健保值增值的钱占总资产的40%。

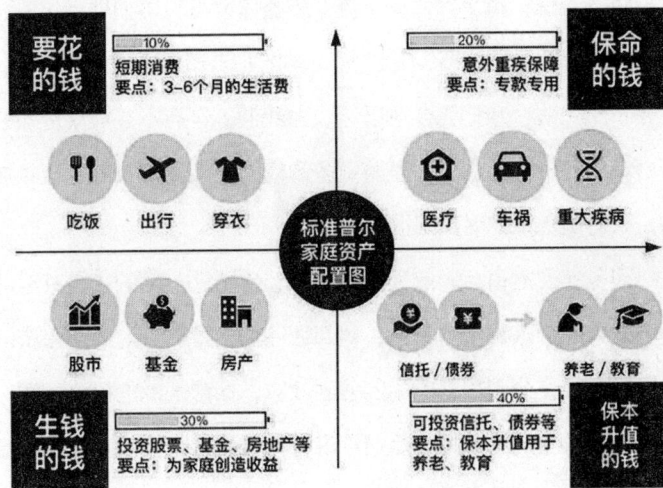

其次，我们需要了解的是一个被投资界称之为72定律的投资法则，这个法则经常被保险金融界拿来进行复利的计算。举个例子来说，按目前银行理财的年利率4%计算，用72/4=18，这里的18就是我们存入银行一笔钱翻倍的年限，如果你现在存入10万，那么18年后，按照现在的银行利率，你的账户里这笔钱将会变成20万。知道了这个基本法则后，你就可以根据自己的实际情况，结合标准普尔家庭配置对自己的资产进行分配。

从投资的角度说，每个月工作获得的报酬是我们投资所需的稳定现金流，去掉我们的生活成本的结余就可以按照标准普尔法则进行再分配和投资，并形成习惯，标准普尔法则会帮助我们有效地控制资产分配和投资过程中的风险，收益越高的投资风险也越高，而风险的承受能力也会跟个体的风险承受能力、投资风格有关，在你还不是很清楚这些要点时，你可以与你的银行经理好好探讨下，做个整体的评估和预案，而后就是保持持续的投资、再投资的习惯，每年评估一下资产的整体情况，再根据当年的经济形势做出相应的调整，经过3—5年的初步摸索，你便会发现，钱会不断生钱，我们完全可以让钱为我们工作而不是被动地被它牵着鼻子走，而我们则可以将更多的精力投入到擅长的专业领域中，获得更稳定的财富回报。

很多实现财富自由的人并不是含着金汤匙出生的人，甚至他们中的大部分人都出身平凡，他们往往靠的是自身对商业投资的敏锐触觉，充分利用好时间的复利效应，保持长期的投资习惯，通过赚取人生的第一桶金后继续进行再投资，让钱为自己的梦想工作，完成财富的累积过程，实现最终的财富自由，再用财富去创造幸福的生活，收获幸福的人生。

所以，从今天起，别再抱怨，利用好时间的价值，去争取属于自己的财富独立和自由吧。

第六章

共情与共生，自由而独立
——与群体和解的智慧

个体与群体的互动无处不在，小到职场的项目小组里，大到世界杯的赛场上，懂得与自我和解的人也懂得平衡个体与群体的关系，因为他们知道个体不会孤立地存在，只有在与群体的和谐共生中才能彰显自身的价值。与群体和解并不是要求个体放弃自己的判断，屈服于群体的意识，而是在与群体的互动中遵守群体的规则，尊重群体中的每个个体，通过自身的智慧助力群体完成共同目标的同时，收获自身的成长和超越。

共情是与他人和解的能力

最初提出"共情"一词的是德国心理学家李普斯。德语中有个词，意思是"感受进去"，很好地体现出了意境，后来英美心理学家将德语"感受进去"这个词借用过来，变成共情或同理心（Empathy）。遗憾的是人类因贪婪的欲望而对有限资源的竞争和占有从未停止，自卢梭的"社会契约论"起即假设社会是由一群自由自在、无所羁绊的个体为避免纷争组成的群体，丝毫没有看到人类具有互相依赖的社会性的一面，斯宾塞的社会达尔文主义则认为人类社会是充满竞争的，人与人之间是赤裸裸的利益关系，德国古典哲学，则一直推崇理性至上，即便存在道德和善，也是由理性导出的，而人类天生带有对同类、对生命的共情和关注几乎被忽略殆尽，理查德·道金斯的《自私的基因》的出现，更是对这些现象起到了推波助澜的作用……科技的进步从某种程度上说也为人类社会注入了冷冰冰的竞争，努力争一流、在奋斗之路上干掉对手甚至一直是我们教育里的主导理念，那些排名靠前的学生总能获得来自各方的认可和最好的资源，善良、分享、包容、同情这些鼓励人类天性中美好一面的教育少之又少，可以说人类的共情心一直没能得到应有的重视，而且阻碍重重。

　　为了验证高繁殖力的老鼠是否具有同情的天性，神经生物学家佩吉·马森将成对的老鼠放在透明的盒子里。其中一只老鼠被隔离到一条透明的塑料管道中，管道的一端有一扇门，只能从外侧打开；而另一只老鼠来去自由。老鼠通常习惯于避开开阔的空间，喜欢躲在角落里，或沿着墙壁走动，但是在每个测试中，那只来去自由的老鼠都会离开安全的角落，想方设法把门打开，释放受困的老鼠。受困的老鼠被释放之后，两只老鼠就会相互碰鼻，老鼠的善良和体恤出人意料。在老鼠身上进行的其他移情测试表现出了相似的结果：自由的老鼠会帮助其他老鼠逃离各种不悦的甚至痛苦的情形。在一项测试中，研究者诺布亚·佐藤调查老鼠是否只顾吃自己喜爱的巧克力，而不去帮助其他老鼠。结果证实，在50%—80%的情形下，老鼠在吃巧克力之前会先帮助同伴。同样的结果还在不同动物之间得到验证，可见，生命个体之间的同情与共情是一种与生俱来的天性。这一发现对我们人类显然具有重要的意义，人类是更高级的动物，对情感的理解和表达有比低级动物更强大的能力，而遗憾的是因为对竞争的过度宣扬和强调，我们鼓励了人性中更多的冷漠、自私、好斗的一面，事实上，无论是那些幸福指数高的国家还是最受欢迎的雇主，更多的是在通过各种激励政策鼓励人性中善良、勇敢、自信、阳光的一面，激发人与人之间的共情能力，互惠互助，和谐共生。

　　电视剧《平凡的荣耀》虽然是一部现实职场实录，但在记录职场里激烈竞争一面的同时，也展现了温暖的细节，角色之间真挚的友谊使得他们的生活变得更真实可感。其中的情谊凸显了当代人在职场中相处的理念，不再是针锋相对，而是真诚以待，给予观众满满的治愈感。剧集中，每个角色都在职场生活中磕磕绊绊地前行，也在每次的挑战与挫折中收获成长，实现着自我的蜕变。吴恪之愿意为了同事的前途暂时放下自尊；孙弈秋在刚得知自己的项目被驳回时一直垂头丧气，直到在朋友的宽慰下才终于释怀，明白就算是离开也应该昂首挺胸地走；曾经直言不讳回怼领导的兰芊翊，逐渐学会跟上级和同事更温和地相处；郝帅在殷盛超的高压下依然坚持自己的判断；高思聪也在工作之余学会体谅和关心他人；林宇明在工作中明白了"在职场是不会有付出就有回报"的道理……这部剧鼓励职场人不畏职场生活的焦虑与迷茫，不断调整自己，在不懈的努力中收获成长的同时，也展现了共情能力在职场之路中的作用，激发年轻一代人性中善于分享、合作、互助的一面，弘扬了正向的职场文化，并将角色感悟到的职场法则传递给观众，提供可供现实借鉴的解决思路。

适度的共情能力是我们与他人、与群体、与社会和解的关键，它存在于方方面面及不同的关系中，情侣之间的共情会促进彼此间的情感，家人之间的共情会增进彼此间的信任，同事之间的共情会巩固彼此的合作，陌生人之间的共情会让我们感受到世间的友好……只有我们懂得感同身受，懂得换位思考，将自己常常置于对方的情境下思考，才能更加理解他人的所作所为，懂得对方的难处，用情感化解人与人相处之间的矛盾、竞争之时的激烈、误解之间的尴尬，我们的媒体也应该尽可能地挖掘人性中共情之美，大力宣扬人与人之间共情的温暖，营造出互助互爱的社会环境，我们的社会才能多一分包容和信任，少一分自私和冷漠。

培养值得信任的友谊

一个路人发现路旁有一堆泥土，从土堆中散发出非常芬芳的香味，他就把这堆土带回家去，一时之间，他的家竟满室香气。路人好奇而惊讶地问这堆土："你是从大城市来的珍宝吗，还是一种稀有的香料，或是价值昂贵的材料？"

泥土："都不是，我只是一块普通的泥土而已。"

路人："那么你身上浓郁的香味从哪里来的？"

泥土："我只是曾在玫瑰园和玫瑰相处很长的一段时期。"

和什么样的人相处，久而久之，就会有相同的味道。我们不但是靠近玫瑰的泥土，吸收它的芬芳，更要自我期勉，也能够成为可以带给别人香味的玫瑰。

一只虱子常年住在富人的床铺上，由于它吸血的动作缓慢轻柔，富人一直没有发现它。一天，跳蚤来拜访虱子。虱子对跳蚤的性情、来访目的、是否对己不利，一概不闻不问，只是一味地表示欢迎。它还主动向跳蚤介绍说："这个富人的血是香甜的，床铺是柔软的，今晚你可以饱餐一顿！"说得跳蚤口水直流，巴不得天快黑下来。当富人进入梦乡，早已迫不及待的跳蚤立即跳到他身上，狠狠地叮了一口。富人被从梦中咬醒，愤怒地令仆人搜查。伶俐的跳蚤蹦走了，慢慢腾腾的虱子成了不速之客的替罪羊，虱子到死也不知道这场灾祸的根源。

苏霍姆林斯基[1]曾说过："友谊是培养人感情的学校。"在我们的一生中，培养值得信任的友谊对我们漫长的人生是一种巨大的支撑，没有人是一座孤岛，无论是在物质还是精神上你有多么丰富，都不能替代真挚的友谊。但我们要懂得，不要结交那些对我们有害无益的朋友，不要被拖入他们人生的浑水之中。我们的环境和朋友，对我们的一生有莫大的影响，可以说，交上怎样的朋友，就会有怎样的命运。因此，在选择朋友时，你要努力与那些乐观自信、富于进取心、品格高尚和有才能的人交往，这样才能保证你拥有一个良好的友谊环境，获得好的精神食粮与真诚的帮助。友谊是一种温静与沉着的爱，为理智所引导，习惯所结成，从长久的认识与共同的契合中产生，没有嫉妒，也没有恐惧，这正是孔子所说的"无友不如己者"。相反，如果你择友不慎，结交了那些思想消极、品格低下、行为恶劣的人，你就会陷入充满负能量的环境难以自拔，甚至受到"恶友"的连累，成为无辜受难的"虱子"。假如你已不慎交上了坏朋友，应该即刻警醒，懂得及时止损，要知道：把一只烂苹果留在筐里，会使一筐的苹果都腐烂掉。

1.苏霍姆林斯基（Vasyl Sukhomlynsky，1918—1970），苏联教育家、儿童文学家。代表作：《给教师的一百条建议》《和青年校长的谈话》《巴甫雷什中学》《教育的艺术》等。

在旅行中拥抱最好的自己

再见
青春

甲烷分子的秘密

世界上没有两片相同的叶子，同样，也没有两个一模一样的人，自然也就没有一模一样的思维、想法和行为。既然没有人是一座孤岛，我们都是社会动物，个体与群体多少都会发生碰撞和链接，那么了解个体和群体的特征，如何处理好个体与群体的关系是每个社会人都需要学习的智慧。

荷兰杰出的化学家范托夫[1]发现，甲烷分子是一种正四面体的立体结构，每个面上顶角为 109 度。有位学生对老师说："在实验室里，当这种气体通过一段玻璃导管吹到手背上，那种轻柔的感觉怎么让人都无法想象出它的立体结构。"范托夫笑了，他风趣地告诉学生："个体和群体的差异是无法靠想象来判断的。当你在夏天的海滩边，躺在沙滩上，尽情地往身上撒着细细的沙子，享受阳光和闲暇时，你不会想到每一粒沙子在显微镜下，会有那么多锋利的尖角。"这个故事告诉我们每个个体都有着自己的特性和棱角，而要想创造一个和谐的群体则需要个体与个体之

1.范托夫（Jacobus Henricus van't Hoff, 1852—1911），生于荷兰鹿特丹，逝于德国柏林，荷兰化学家，1901 年获诺贝尔化学奖。

间、个体与群体之间的通力合作与配合，这也是为什么我们在职场中需要的"团队意识和精神"，在家庭关系经营过程中要懂得的"妥协与爱"，在朋友关系中需要"理解和包容"。个体彼此间的差异让各种群体和关系充满活力、合作的同时，也会由差异引起竞争、冲突，而我们需要学习的就是如何让充满活力的合作发挥最大的功能，同时尽可能地避免和减少竞争和冲突。

日本拥有很多世界知名的百年企业，如索尼、松下、东芝，除了与这个民族将骨子里的"匠人精神"发挥到极致有着密切的关系外，也与他们在企业运营和管理上的很多科学的方法和原则有关，其中"菠菜原则"就是日本企业管理的基本原则，企业里的任何一个雇员无一例外都必须执行这条原则。该原则由三个基本要点组成，即"报告""联络""沟通"。所谓"报告"，就是需要将自己工作的进展状况随时通知同事，"联络"是要将自己目前遇到的问题通知有关同事，而"沟通"则是工作遇到问题时，一定要找同事或上司咨询，用集体智慧予以解决。"菠菜原则"之所以让日本企业获益因为它是个人与组织之间协调性原则的延伸。在日本人的观念中，教育的目的不是培养精英，而是培养能够适应严酷集体生活的有协调性的人，因为，人只有在群体中处理好个人和群体的关系，与其他个体和谐相处，与组织协调共存时，组织和个人才能发挥最佳状态，获得最好的效益。组织就好比是一台巨大的高速运转的机器，每个个体则是这台机器上的配件，只有在各个配件各尽其职、协作分工的情况下，才能保证机器的正常运作，产出高质量的产品和服务，而一旦某个或某些配件无法按指令完成工作，不能协作生产，势必影响整部机器的运作，作为个体的配件也将面临被替换的局面。

　　个体与群体的互动无处不在，小到职场的项目小组里，大到世界杯的赛场上，懂得与自我和解的人也懂得平衡个体与群体的关系，因为他们知道个体不会孤立地存在，只有在与群体的和谐共生中才能彰显自身的价值。与群体和解并不是要求个体放弃自己的判断，屈服于群体的意识，而是在与群体的互动中遵守群体的规则，尊重群体中的每个个体，通过自身的智慧助力群体完成共同目标的同时，收获自身的成长和超越。

群体中的丛林法则

每个群体都有自己的规矩和法则，大自然里的万物能够和谐共生数十亿年，依靠的是自然规律和法则，而作为高级动物的人类，我们所在的群体经过数十万年的演化也形成了人类群体生存合作的规律和法则。如何与群体和谐共处，更好地获得生存资源和本领是个体需要学习的技能和培养的智慧。

丛林法则（the law of the jungle）是自然界里生物学方面的物竞天择、适者生存、优胜劣汰、弱肉强食的规律法则。它包括两个方面的基本属性，一是它的自然属性，另一个是它的社会属性。自然属性是受大自然的客观因素影响，不受人性、社会性的因素影响。因为自然界中的资源有限，所以只有强者才能获得最多的资源，这一属性主要体现在植物界方面。胡桃树下几乎寸草不生，因为胡桃的树根能够分泌一种化学物质，对其他所有植物具有灭杀作用。桧柏与蔷薇科植物相间种植或种植距离比较近，它们就会感染一种叫作"苹桧锈"的病害，进行一场你死我活的较量。泡桐、杨树等树种和臭椿树栽植在一起时，靠近臭椿一侧的枝条就会枯死。高大的喜阳乔木种植在一起，不管是不同树种之间还是同一树种之间，只有长得高大茂密的树木才能得以存活，而那些矮小瘦弱者终会枯死。丛林法则的社会属性一般则体现在动物界，人作为高等动物，在生产力、科学技术发达的时候，特别是现代，人类利用自己的主观意志，改变了许多丛林法则的自然属性，改变为以人的意志为主的客观事实。例如：人能改变植物、动物的物种，生存条件、环境，也可以决定它们的生死状况，人为地改变了丛林法则的自然属性，这就是丛林法则的社会属性，显然，作为人类的个体，我们在与人类群体共生的过程中既要考虑到群体中的自然属性又要考虑到其社会属性。

在群体生存的丛林中，不仅仅只有血肉模糊的弱肉强食，互利互惠也是丛林法则的重要组成部分，和同类或其他生物的合作处处可见。狼素以坚韧、团结、纪律性强而著称，其为高度社会化的动物，每个狼群的内部都等级森严、分工明确，没有狼可以逾越，否则就会被严格惩罚，甚至被驱除出狼群。实际上狼的个体并不强壮，单体作战能力无法同虎豹相提并论，但严格的纪律、高效的分工模式反而让狼群保持着强大的战斗力。北美地区的狼群经常围攻棕熊，后者寡不敌众，往往会落荒而逃。美国佐治亚理工学院的科学家们对火蚂蚁进行了一项研究，发现这种蚂蚁在遇到洪水时就会立刻相拥在一起，彼此"手拉手"，组成一个巨大的"救生筏"，能够漂浮在水面上，它们借助于体毛形成的一层空气膜，可确保每一个成员都能幸存下来。

在生物进化理论中，不同物种之间以及同类物种不同个体之间的生存竞争优胜劣汰是普遍存在的。尽管如此，同种的或至少是在同一个群体的动物之间，也存在着互相维护、互相帮助和互相防御。著名的俄国动物学家凯士勒教授早在 19 世纪就曾经指出，动物之间除了生存竞争法则之外，还存在一条可以叫作互助的法则，这个法则远比优胜劣汰的丛林法则重要得多，动物世界的逐步发展，特别是人类的发展，个体之间的互助远比互争所起的作用要大得多。因为，不论是大自然里的植物、动物甚至是微生物还是我们人类，我们更多的是要和谐共生，而不是彼此杀戮，所以这也是为什么职场里更看重个体的"团队意识与精神"，企业需要个体协作分工，互利互助提升企业的效率效益的同时，也让个体更加获益。

分寸感就是成熟的爱的标志

周国平说过："分寸感是成熟的爱的标志，它懂得遵循人与人之间的距离，这个距离意味着赋予对方作为独立人格的尊重，包括尊重对方独处的权利。"更简单地说，分寸感就是在人与人相处的过程中，我们的言行让对方觉得舒服的处理方式和能力。而这种令人舒适的分寸感大到处理国与国之间的外交关系，小到我们成功处理家庭中的亲密关系、职场中的人际关系、亲朋邻里的关系、朋友间的情义关系都至关重要，甚至决定了我们的幸福指数。

一个懂得分寸感的人，首先是个说话得体的人。作家海明威说过：人用两年时间学会说话，却要用一辈子学会闭嘴。有人问哲学家奥佛拉斯塔：在交际场合一言不发好不好？奥佛拉斯塔回答：如果你是傻瓜，一言不发是聪明的；如果你是聪明的，一言不发是愚蠢的。可见，说话并不是件难事，而会说话，在什么时候说什么话，且懂得适时保持沉默才是关键，这是人一生中最难的一项修行，很多人正是因为缺乏这种能力和修养，不懂得掌握说话的分寸，才在处理各种人际关系过程中败下阵来。马歇尔·卢森堡[1]说:"也许我们并不认为,自己的谈话方式是暴力的,但语言,确实常常引发自己和他人的痛苦。"

不追问、不妄议、不说破,都是说话的分寸,也是做人的尺寸。一个做事有分寸的人,在职场里能够理清自己的职能范围,知道什么该做什么不该去做,如何有分寸地去表现自己,时刻怀有一份谦卑。在某一期《奇葩说》谈及辩论与主持的区别时,蔡康永说:"辩论是在舞台上充分展示自己,而主持则要退到一个相对辅助他人的角色里。"他是这样说的,也是这样做的。在主持《康熙来了》节目时,他从不抢嘉宾的风头,甘当绿叶。而在《奇葩说》中,他有条不紊地表达自己的观点,又从未退让。人与人之间的接触是很微妙的,尤其在职场中,很多时候,知而不言、笑而不语才是把握好分寸的关键。做好自己该做的事情,拿捏好分寸,既让别人舒服,也会让自己少很多麻烦。著名文学家杨修,是世人公认的聪明绝顶、才思敏捷的人才。有次陪同丞相曹操一起去游览新建成的一处园子,游览后曹操什么话都没说,在大门上写了一个大大的"活"字后就走了。负责修建园子的官员们莫名其妙,聪明的杨修却领悟了曹操此举之意,马上告诉他们那些官员:"门中加一个活字,不就是阔字吗?丞相是嫌这门开得太大了,改小一点。"还有一次,有人送给曹操一盒酥,曹操提笔在盒子上写了"一合酥"三个字。杨修看到后,立刻自作主张地将那一盒酥分给大家吃掉了,还振振有词地说:"丞相写

---

1. 马歇尔·卢森堡(Marshall Rosenberg, 1934—2015),美国心理学家、调解人、作家和老师。从20世纪60年代初开始,他开发了非暴力传播,这是一个支持伙伴关系并解决人与人之间,人际关系和社会中冲突的过程。

这一合酥，就是说一人一口酥的意思呀。"杨修利用他的才智这样多次耍小聪明，引起了曹操的反感与嫉恨。直到后来，曹操带兵在汉中与诸葛亮交战，战事极不顺利，又赶上连降大雨，大军一时陷入进退两难的境地。一天傍晚，部下问他今晚的夜行口令是什么，曹操随口说了声"鸡肋"。杨修听到这个口令后，立刻劝将领们收拾行李，准备撤退。将领们问他为什么，他说："鸡肋这东西，吃又觉得没味，不吃丢掉又觉得浪费，丞相用它作今夜口令，表明他打算放弃这里了。"曹操得知此事后勃然大怒，以扰乱军心罪处死了杨修。杨修的确很有才，但他逾越了自己身份该有的界限，一味地去表现自己的聪明才智，失了身为下属的分寸，最终引来杀身之祸。

　　一个有分寸感的人，也是懂得在亲密关系中给彼此留有空间和距离的人。寒冷冬季的夜里，两只刺猬十分困倦，但刺骨的寒冷令它们无法入睡，它们决定通过抱团相互取暖。可由于它们各自身上都长满了尖尖的刺，紧挨在一起就会刺痛对方，刺痛的难受让它们怎么都睡不舒服。因此，两只刺猬决定选择分开了一段距离，可是这样又实在冷得难以忍受，无奈还是得抱在一起。折腾了好几次，它们终于找到了一个比较合适的距离，既能够相互取暖又不会彼此被扎。这就像我们在处理亲密关系时一样，在一段关系中，彼此的优缺点会因亲密度的增加，而会被无限放大。彼此在相爱依恋的同时，却又会因为近距离的相处让彼此身上缺点的刺儿扎到对方，如果我们强行闯入对方的舒适区，不但不会拉近彼此的关系，还会引起对方的反感，使关系恶化。只有在相互关系中学会把握分寸，做到进退有度，才能更好地维持任何一段、任何一种我们珍视的感情。

可见，大千世界里对分寸感的把握无处不在，文章多一字不达，少一字不美，好画多一笔有损，少一笔欠佳，一如哲学家笛卡尔所说，"美是一种恰到好处的协调和适中"。多一分、少一寸都有失恰当，在与人的相处过程中更是如此，令人舒服的分寸感是促进人与人之间关系的润滑剂，更是我们处理好朋友、职场、婚姻、家庭、亲子关系的关键，一句话，一个眼神，一个动作，甚至有时候是一份沉默就会令彼此如沐春风，化干戈为玉帛，让对方感觉舒服的同时，也让自己收获快乐。它让我们懂得如何予人以爱，又怎么去爱，因为分寸感本身就是成熟的爱的标志。

我们可以并不乌合地存在

如果说有哪本书是让我们了解个体与群体的经典之作，可以向我们传授个体与群体相处时的智慧，应该说非法国社会心理学家古斯塔夫·勒庞[1]的《乌合之众》莫属。在这本书中，勒庞阐述了群体以及群体心理的特征和本质，指出当个人是一个单独的个体时，他有着自己鲜明的个性化特征，而当这个人融入了群体后，他的所有个性都会被这个群体所淹没，他的思想立刻就会被群体的思想所取代。当一个群体存在时，他就有着情绪化、无异议、低智商等特征。勒庞在书中细致考察群体的一般性心理特征，探讨群体的道德观、情感、想象力、信念等诸多层面，指出个人进入群体之后容易丧失自我意识，在集体意志的压迫下成为盲目、冲动、狂热、轻信的"乌合之众"的一员。所以，从某个角度上说，我们随时都可能是某一群体里"乌合之众"的一员，比如青春期的时候，我们要么是被自己同伴疏离的个体，要么就

1.古斯塔夫·勒庞（Gustave Le Bon；1841—1931），法国社会心理学家、社会学家，以其对于群体心理的研究而闻名，被后人誉为"群体社会的马基雅维利"。勒庞认为，在群体之中，个体的人性就会湮没，独立的思考能力也会丧失，群体的精神会取代个体的精神。

得跟随个小群体以获得一份同龄人的认可。

　　勒庞认为之所以会有上述的现象出现，是因为我们生而为人，自我意识在群体意识下受到了裹挟，群体意识大多时候不会给个体带来积极的影响，它只会将个体优异的智慧差异淡化，将个性削弱，让人变得盲从，从而显得更加无知。而群体的影响则会深深地影响到个体，让人变得更加冲动、善变，缺乏长远的思维。这是一种个体的悲哀，更是一种群体的悲哀。构成这个群体的人，不管他是谁，不管他的生活方式有多大区别，不管他的职业是什么，不管他是男是女，也不管他的智商是高还是低，只要它是一个群体，那么这个群体就拥有一个共同的心理，即集体心理。

　　当我们是同一群体中一员的时候，我们的感情、思维和行为与我们单独一个人的时候迥然不同。单独一个人必须要为他的行为承担责任——法律上和道德上的。但是群体则不然，群体不需要承担任何责任，群体就是法律，群体就是道德，群体的行为天然就是合理的。群体情绪的相互传染起着决定性的作用，决定了群体行为选择的倾向。在群体中任何一种感情和行动——只要这种感情与行动不合常理，都会很容易传染开来，其程度之强足以让一个人随时准备为另一个与他毫不相干的人做出牺牲或者牺牲群体要排斥的人，我们的潜意识就像潘多拉的盒子，一旦被打开，就会释放出大量的本能性冲动力量。群体有着自动放大非理性冲动的能力，暗示的作用对于群体的每一个人都会起到相同的作用。这种作用随着群体的情绪链条的传递会越来越强大，直到突破人的思想想象，仍然不会停止下来。

1967 年，美国加州一所高中，历史教师罗恩·琼斯为了让学生们明白什么叫法西斯主义，搞了一场教学实验。他提出铿锵有力的口号——"纪律铸造力量""团结铸造力量"和"行动铸造力量"，并用严苛的规条束缚学生，向他们灌输集体主义，要求他们绝对服从，遵守纪律。令人惊讶的是，学生们非常顺从，步调一致地投入其中。他们精神抖擞，穿上制服，做课间操，互相监督，很快凝聚成一个新的团体。他们给这个团体命名为"浪潮"，还设计了一个标志性的动作：手臂从右往左，划出一个波浪状的曲线。学生们没有意识到自己越来越像纳粹分子，他们发传单，印贴纸，拉拢新的成员。只用五天时间，这个团体就由 20 人变成了 200 人。实验教学结束后，琼斯在学校大礼堂召开了一次大会，放映了一部第三帝国的影片：整齐划一的制服和手势，集体狂热的崇拜和叫嚣。学生们面面相觑，羞愧不已，方才意识到：自己就这么轻易被群体意识操纵了，心甘情愿地当了一回冲锋队员。可见，不论我们进入哪个群体，都随时有可能成为乌合之众的一员，思想意识随时会被裹挟。

　　因此，为减少群体意识对我们个体的影响，我们在群体中想要保持自己相对的独立性和思考能力，首先需要学会在内心明确自己的方向，确立自己处世的原则和底线。因为在面对群体的时候，我们可能会被群体的观点所影响，为了不被集体排斥而做出一些有违背自己原则和底线的事情。我们要时刻提醒自己，保持警惕，不要被群体不正确的行为所影响。此外，当群体提出任何倡议时，我们尽可能不要被旁人所左右，冷静思考后再做出判断。因为群体的行为通常带有一定的攻击性，个体有可能会被群体的节奏带动，随之而做出一些急躁、冲动、不理智的行为。这个时候我们要学会尽可能地站在旁观者的角度冷静思考，设想下如果你不是在这个群体内，你会怎么去看待群体的提议，深度思考之后再做出自己的判断，安提斯德内曾说过：思想是比任何货色都牢固的城墙，因为它毫不会倒塌，也不会交到敌人手中去。可见，独立思考是一种强大的力量，它需要我们多阅读，多观察并刻意练习。而那些常阅读、勤思考的人，他们一般很难被一个不理智的言论或者行为所影响，往往会去分析背后的原因，再去做出理性的判断。

在群体中，我们都有可能是乌合之众的一员，但我们可以并不乌合地存在，这是在我们与群体和解之路上的智慧。

远离各种以爱为名义的情感绑架

勃朗宁[1]曾说，没有爱的地球仿佛如坟墓。

是的，那些好的爱是一种伟大的力量，给我们温暖、理解和支撑，并在我们困顿的时候宛如一盏明灯照亮我们前行的路，或将我们奋力地拽出泥潭，救我们上岸。但爱和其他一切情感一样，有好有坏，那些不好的爱，以爱为名义的情感对我们也有着巨大的伤害。而在与他人相处的过程中，往往最难解决和面对的是那些以爱为名义的情感绑架和伤害，因为它往往来自那些我们最爱的人、离我们最近的人。而懂得与自己和解的人往往是懂得处理这些情感绑架的个体，他们知道如何识别并能及时让自己的身心从中抽离出来，遵循自己的内心，取悦自己，善待自己，进而获得身心的从容与平静。

因为我们随时都生活在各种关系中，在各种深深浅浅的关系维护中，我们有理性，更有情感，而当情感被对方利用，让我们觉得失误、内疚、不安甚至是恐惧的时候，不论是哪种关系都正

1. 勃朗宁（Robert Browning，1812—1889），英国诗人、剧作家，代表作:《戏剧抒情诗》《环与书》；诗剧《巴拉塞尔士》等。

在让我们经历着情感绑架。它或许来自家庭中的父母、亲密关系中的爱人、多年交往的朋友、有血缘的亲戚，又或者来自职场里的同事、上司，当我们处在与这些关系的健康状态里时，我们被爱、信任、愉悦所包围和支撑，而当我们处在不同关系的情感绑架里时，我们则会感到上述的不安、内疚、压迫、疲惫甚至焦虑，这其实是对彼此的内耗和伤害，久而久之，这种伤害的恶性循环甚至会导致各种极端的后果，比如最近几年发生的北大包丽的死、泰国高额保险蓄谋杀妻案等。而当我们一旦意识到自己已身处各种以爱为名义的情感绑架中时，最好的办法就是及时转身和止损。

心理学家托马斯·莫里亚蒂[1] 在纽约市的海滩上曾经做过一个实验。研究人员在海滩上随便找一个人作为实验对象，然后将一条浴巾放在离实验对象 5 英尺的地方，接下来很放松地躺在浴巾上听着便携式收音机里传来的音乐。几分钟后他从浴巾上爬起来，向海滩走去。过了一会，第二位研究人员来了，他假扮成一个小偷，悄悄拿走浴巾上的收音机。在 20 次的试验中，只有 4 名实验对象挺身而出，阻止偷窃行为。随后，他们将实验程序做了一点修改，在第一位研究人员离开之前，他要求实验对象帮忙照看一下他的东西。每一个实验对象都答应了。由于向对方做出了承诺，20 个实验对象中，有 19 位挺身而出，阻止"小偷"拿走东西。为什么人会有如此强大的动力去兑现自己的承诺呢？美

1.托马斯·莫里亚蒂（Thomas Moriarty, 1939—　），美国心理学家。

在你奋力起舞之前，没人会为你搭建舞台

懂得在放手间与自己和解

国著名心理学家罗伯特·西奥迪尼[1]认为，前后不一通常被认为是不良的品行，一个在信仰、言辞和行为上前后矛盾的人，有可能被认为是优柔寡断、是非不分、两面三刀。而前后一致则是与理性、坚定、诚实联系在一起。因此，当我们在面对日常生活的各种关系中，伴侣、家人、朋友、上司、同事等做出的承诺没有兑现时，就会受到前后不一致的困扰，负疚感便是这种困扰直接表现出的情绪状态。正是因为负疚感的存在使得我们做出相应的努力，比如寻找补救的机会、向对方说明原因、表示诚恳的抱歉等等。这样的补救很多时候会使得我们的世界变得更加合理，如果我们能够前后一致地去做事情，时常能够得到更好的结果。适当地保持前后一致能帮助我们在各种人际关系中赢得机会，获取信任，建立良好的人际关系。但为什么很多人却在负疚感的驱使下身陷各种"情感绑架"呢？这是因为我们往往把"保持一致"当成了我们为维护各种亲情、友情、爱情、职场关系的必须刻板遵守的心理契约，由此而形成了被"情感绑架"的状态。容易被"情感绑架"的人通常需要别人大量的肯定才能确立自身的价值。他们总是习惯性地从消极角度看待自己。比如"我不重要""我不好""我没什么价值"。在这种心理的驱动下，他们会对自身要求越发苛刻，达到完美的程度以符合所谓的"别人的标准"。机械地"保持一致"的人时常习惯于用情绪推理，遵循着"承诺—兑现"的线性思维模式，却很少动用理性思考。比如，他们很少会评估没有兑现的承诺给别人和自身所带来的损失，承

1.罗伯特·西奥迪尼（Robert Beno Cialdini, 1945—　），美国心理学家、教授。全球知名的说服术与影响力研究权威。代表作：《影响力》等。

诺兑现意义何在？是否有更好的解决办法？等等。

要记住，未经我们的允许，谁都不能伤害我们，而如果你感觉到了受伤，那一定是你在某种程度上纵容了那个无意或有意伤害你的个人或群体，对那些无意的伤害，我们可以选择原谅，而对那些有意甚至是蓄谋的情感绑架和伤害，我们在第一次意识到的时候，就一定要告别和远离，只有这样，你才会真正地从各种以爱为名义的情感绑架中抽离出来，让自己处在健康和谐的状态，自尊自爱，并最终获得与自我的和解，收获安宁、从容和健康。

第七章

天晴的时候晒太阳，天阴的时候喝奶茶
——与生活万物和解的智慧

懂得天晴的时候晒太阳、天阴的时候喝奶茶的人也是懂得如何与自我和解的人，亦是懂得顺势而为的人，懂得上善若水般的存在。山林里的水自古以来顺势而下，方聚流成溪，且包容滋润万物，利万物而不争，终得以汇成江河湖海。树顺势而为成林，石顺势而为成岩，人生不论逆境、顺境，在困顿低谷时安静积蓄，在一帆风顺时警醒，就能把握好人生之舟的方向，顺流时加快行进的步伐，逆流时迎风飞扬，收获成长。

适度缺席与留白的智慧

留白是中国艺术作品创作中常用的一种手法，它是指书画艺术创作中为使整个作品画面、章法更为协调精美而有意留下的相应的空白，也是留下一定的想象空间。比如我们看南宋画家马远[1]的《寒江独钓图》，整幅画面中有大面积的留白，我们看到的是幅

1.马远（1160—1225），字遥父，号钦山，南宋杰出画家。原籍河中（今山西永济附近），侨寓钱塘（今浙江杭州）。马远擅长山水画，继承和发展了北派山水的画风，能自出新意，下笔遒劲严整，设色清润。

极简的画面，一叶扁舟之上，一位瘦弱的渔夫蜷缩着身子，手持钓竿，在空无一人的江面上垂钓，江水的表达仅仅用了几笔简单的水波线条勾勒出来，但大面积的留白却给了我们无尽的想象，成了烟波浩渺的江面。渔夫蜷缩的身子传递出了江面上的寒冷，整幅画恰到好处地表现出了"千山鸟飞绝，万径人踪灭，孤舟蓑笠翁，独钓寒江雪"的意境，让我们体会到老翁那离群索居的孤独的同时，也体会到了他内心的那份清高。因为中国国画里的隐居者在当时往往是对时下社风失望的学士官员，如写下"采菊东篱下，悠然见南山"的陶渊明，吟出"竹外桃花三两枝，春江水暖鸭先知"的苏东坡。而马远对这种意境的传递也是凭借着留白的艺术实现的，让这幅名画有着深远意境的同时，赋予了它巨大的价值。试想下，如果马远没有给这幅画以大面积的留白，而是将山水树林铺满了画面，这幅画还会有如此深的意境吗？

同样，在与自我和解的路上，懂得为生活的画面留白，懂得在人与人交往的过程中适度缺席也是一种智慧。见人只说三分话，从正面的积极意义去理解就是在与他人的交流过程中对语言的留白，如果说话的时候，不考虑对方的感受，想到哪说到哪，想什么说什么，往往会伤害对方，而如果在未了解对方的前提下，说了很多关于自己的话，又容易被对方伤害，语言中的留白就是不要将话说得太满，为他人留有余地，为自己留有空间，这也是自古以来中国文化中所谓的茶不斟满、话不说满的深意。同样，在人与人的交往过程中，也需要一定的留白，与朋友相处时，我们不必去为了维护和所有人的关系而随叫随到，君子之交淡如水，真正的朋友之间并不是靠情感的绑架或关系的捆绑维护的，而是在关键的时刻能够互相支持和理解；在职场上，懂得适度留白和缺席一样重要，公司里的大小会议我们不必每次都出席，选择重要和必要的参加以提高工作效率，这是职场里的留白；生活中，我们更需要懂得留白，一是对生活空间里的多余东西的断、舍、离，为我们居住的环境留白，人在通透、整洁的环境里不仅会感觉身心舒适，放松减压，还会集中精力，激发自己的创造力，相反，如果生活的空间里堆满了不需要的赘物，人就会感觉到压抑，久而久之对身体健康不利。另一方面留白也是懂得为生活做减法，不要将生活的每时每刻都满满地安排上各种事务，这样既可以让自身在忙碌后得到充分的休息，也可以让我们有充分的空余时间梳理自己的思绪和日常安排，让自己始终处于从容的状态。可见，留白和适度的缺席是可以让我们有更多的时间、空间、余地去观看、倾听、学习和反思，而不是将自己始终陷在被动盲目的跟随和行动中。适度的留白和缺席让我们得以清理遗留在我们生命里、关系里多余的人和物，时不时跳出当事人的场景，从旁观者的角度去审视生活，看到事务事件的全景，进而做出客观的分析和判断。显然，留白和适度的缺席是一种为人处世的人生智慧。

生活，小满清欢正是好

小满是农历二十四节气之一。《月令七十二候集解》中这样解释小满："四月中，小满者，物致于此小得盈满。"这时节，暖风烟柳，绿荫幽草。北方地区麦类等夏熟作物籽粒已开始饱满，但还没有成熟，约相当乳熟后期，所以叫小满。南方地区的农谚赋予小满以新的寓意："小满不满，干断田坎"，"小满不满，芒种不管"。用"满"来形容雨水的盈缺，指出小满时田里如果蓄不满水，就可能造成田坎干裂，甚至芒种时也无法栽插水稻。可见，满对于谷物的成长起着至关重要的作用，决定了一年的播种是否会有好的收成，雨水不足，稻子麦田会因干旱歉收，雨水太多，又会面临涝灾而亡，而小得盈满则是刚好的状态。小满的雨水充盈而不恣意，恰如其分地满足。人生亦是如此，懂得与自己和解的人大都是懂得小满清欢的道理。

中国人自古喜茶，喝茶中的一个礼仪就是斟茶只斟七分满，一方面是因为茶汤的温度一般能达到 80 度，以还原茶的最佳香气，如果斟满茶杯，客人不小心弄洒会有被烫伤的危险，另一方面，可以让茶汤充分地与空气接触氧化，达到最佳的口感。人生亦是如此。太满的生活忙碌、焦虑，往往令人疲惫不堪，不满的生活又闲事无聊，郁郁寡欢，而小满则是最好的状态，一切恰到好处，这也正是我们国学文化中不求太足、小满是福的道理，即我们常说的知足常乐。

小满的人生并不是消极的人生，而是清欲勤为的智慧人生，是对生活知足感恩的情怀。几个好友相约在岸边岩石上垂钓，其中的一个善钓者，先钓上了一条大鱼，约三尺来长，落在岸上，翻腾跳跃不已。垂钓者一言未发，解下鱼嘴内的钓钩，顺手将鱼丢回河中。周围围观的众人响起一阵惊呼，这么大的鱼犹不能令他满意，足见钓者的贪心。不久，这位善钓之人鱼竿又是一扬，钓上了一条两尺长的鱼，钓者仍是不多看一眼，解下鱼钩，又将这条鱼放回河里。众人极其不解，很快，善钓者钓上了第三条鱼，那是一条不到一尺长的小鱼。围观众人以为这条鱼也将和前两条大鱼一样，被放回河里。却不料善钓者将鱼解下后，小心地放进自己的鱼篓中。众人百思不解，遂问善钓者为何舍大鱼而留小鱼。善钓者回答说："我家里最大的盘子，只不过有一尺长，太大的鱼钓回去，盘子也装不下。"这世间适合自己的才是最好的，与其沉迷在内心的欲望之中，不如知足常乐，保持内心的小满与纯净，找到最适合自己的道路和方向，方能达到与自己的和解。

懂得小满清欢的人更懂得谦受益、满招损的道理。一个心高气傲的年轻僧人初入寺庙，不仅对同伴言辞不逊，也看不起寺庙的老住持。某天住持闲来请年轻僧人喝茶，年轻僧人坐在那里一副心高气傲的样子，也没有起身给老住持斟茶的意思，老住持便站起身来亲自给年轻僧人倒茶。当茶杯斟满的时候，老住持也并没有停下手来继续向茶杯里倒茶，茶水倾洒出来。年轻僧人忍不住大叫起来："茶满啦！"老住持这时端起倒满茶的茶杯将满满的茶汤倒掉继续斟茶，直至茶杯再次续满溢出，却一言不发。年轻僧人刚要大喊，突然间似乎意识到了什么，扑通跪倒在老住持的脚下，虔诚地向老住持跪拜。住持这时才开口说道："年轻人，杯子只有空着的时候才能盛茶，人只有懂得谦虚的时候才会吸收进去更多的智慧，所以，过满的茶水必须倒掉，过傲的人生需要智慧的了悟。"从此后，年轻僧人静心专研佛法，终成一代高僧。

晚清时期的曾国藩，没有超群绝伦的才华，被左宗棠屡屡不留情面地批评"欠才略"，学生李鸿章当面则说他太过"儒缓"。连他自己也常说："吾生平短于才，秉质愚柔。"在当时的著名人物中，他被认为是最迟钝愚拙的一位。然而，他的一生，却屡建佳绩，最后超凡入圣。这一切，正是得益于他"小满"的智慧，为人处世谦虚低调，分寸尺度把握得体。在做学问上，他从不自作聪明，亦不投机取巧，别人一目十行，他却踏踏实实认真勤练，看似愚拙，却也为后来直通科举打下了扎实的基础。在创建湘军选拔将领上，他不懂得说好听的大话，只知道讲实实在在的真话，因此大获人心，更是杜绝了军队里的油滑习气。在他的一生中，"天道忌巧，去伪存拙，小满是福"是他遵循的人生信条，为他赢得了成功的一生。

当今快速发展的商业社会一方面促进了经济的增长，改善了我们的生活质量，但另一方面，因过于强调经济的发展而忽视文化与文明的建设，这样的倾向也不断在激发人们的各种欲望和贪婪，通过各种方式刺激人们的消费，人们对物质和快速消费文化的需求日益激增，忙碌地追求所谓更多、更好的物质生活，却仍对当下有着诸多的不满，内心无法满足，甚至为了追求更大的房子、更好的车子、更多票子而不惜身心的健康，各类癌症和慢性疾病的患者大幅增加且年轻化。殊不知，当我们的人生本已小满，却还要更多的大满时必然会付出相应的代价，这代价要么是身心的健康，要么是对家人疏于照顾，与亲朋挚友间的陌生。而小满清欢，方能让我们去伪存真，恰当地进行自我评估，并能从纷繁的事务中跳脱出来，静心反思，珍惜看重所拥有的，把握当下，从容达观。

　　生活，小满清欢正是好。

天晴的时候晒太阳，天阴的时候喝奶茶

月有阴晴圆缺，天气亦有阴晴冷暖。正如我们的人生之路，有欢歌笑语之时，亦有风雨交加的起落时刻，而那些懂得与自我和解的人更懂得天晴的时候去晒太阳，天阴的时候喝杯奶茶。相关研究表明，天晴的时候晒太阳不仅能充分吸收阳光中的能量，杀菌消毒，促进人体钙的吸收，而且一天内数小时的阳光照射还可以促进血清素的合成，血清素是一种可以振奋心情，防止人们抑郁和低落的脑化学成分，而天阴时，喝上一杯热气腾腾的奶茶可以去湿防寒，补充能量，其中的甜度也可以让我们拥有一定的好心情，何乐而不为呢？

天晴的时候晒太阳，天阴的时候喝奶茶，不仅是一种小资情调，更是一种对生活境况的顺势而为，顺境时，低调勤勉，感恩珍惜，逆境时，不卑不亢，蓄势待发，并懂得利用各种境遇里的优势，顺势而动。根雕展上，有人好奇地问根雕大师："您雕什么像什么，每件作品都栩栩如生，您是怎样做到的呢？""恰恰相反，我不是雕什么像什么，而是我在得到一块木料时，先仔细研究它像什么，像什么我就雕什么。"根雕大师说，"原材料像鱼，我就把它雕成鱼；原材料像虎，我就把它雕成虎。我只是做了一些顺势而为的事罢了。如果不顾材料的原形和原貌，率性而为，想怎么雕就怎么雕，想雕什么就雕什么，那么雕出来的作品必定是次品、残品或废品。"根雕大师的寥寥数语，不仅仅道出了根雕艺术的真谛，亦道出了顺势而为的价值。如果我们顺应自己的天性，能充分发挥我们天性的优势，选择适合我们的专业、职业、伴侣，在少走弯路的同时，还可以调动自己主观能动性，探寻出适合自己的人生之路，收获幸福和成功。

天晴的时候晒太阳，天阴的时候喝奶茶，亦是顺境时不骄、逆境时不恼的智慧。宋代大学士苏东坡是最善于在逆境中顺势而动的人，元丰三年（1080），他因"乌台诗案"被贬为黄州团练副使，宋哲宗即位后任翰林学士、侍读学士、礼部尚书等职，并出任杭州、颍州、扬州、定州等地，晚年因新党执政被贬惠州、儋州。然而，在数次被贬、生活困顿中的苏轼并没有沉沦，亦没有被政敌的迫害打倒，相反，一方面，他凭借着天赋才华最终成为北宋中期文坛领袖，在诗、词、散文、书、画等方面取得很高成就。他文纵横恣肆，诗题材广阔，清新豪健，善用夸张比喻，独具风格，与黄庭坚并称"苏黄"；词开豪放一派，与辛弃疾同是豪放派代表，并称"苏辛"；他散文著述宏富，豪放自如，与欧阳修并称"欧苏"，为"唐宋八大家"之一。苏轼还善书，为"宋四家"之一；擅长文人画，尤擅墨竹、怪石、枯木等，另一方面，凭借着他家国天下的情怀、高超的治理水平率众疏浚西湖，动用民工20余万，开除葑田，恢复旧观，并在湖水最深处建立三塔，现今被人称为三潭印月。他把挖出的淤泥集中起来，筑成一条纵贯西湖的长堤，堤有6桥相接，以便行人，后人名之曰"苏公堤"，简称"苏堤"。苏堤在春天的清晨，烟柳笼纱，波光树影，鸟鸣莺啼，是著名的西湖十景之一"苏堤春晓"，至今回馈后人。在物质匮乏的日子里，生性乐观、心胸豁达、随遇而安的苏轼自己种田，沽酒约朋，诗词歌赋，过得好不自在，还发明了流传至今的东坡肉，为我们树立了逆境之中顺势而为的榜样。

懂得天晴的时候晒太阳、天阴的时候喝奶茶的人也是懂得如何与自我和解的人，亦是懂得顺势而为的人，懂得上善若水般的存在。山林里的水自古以来顺势而下，方聚流成溪，且包容滋润万物，利万物而不争，终得以汇成江河湖海。树顺势而为成林，石顺势而为成岩，人生不论逆境、顺境，在困顿低谷时安静积蓄，在一帆风顺时惊醒，就能把握好人生之舟的方向，顺流时加快行进的步伐，逆流时迎风飞扬，收获成长。

记得：天晴的时候，在忙碌中抽出些空闲坐在阳光里看鸟语花香，晒晒太阳。天阴的时候，去买杯热热的奶茶，喝光它后，元气满满地奔赴人生海洋的下一场。

在旅行中拥抱最好的自己

人很多时候与其他动物一样，需要在流动中感受生命的律动，在独自与大自然的对话中与自我和解，这也是为什么在紧张、喧嚣的日常生活、工作之余，我们总想来一场说走就走的旅行，因为，任何一次或长或短的旅行都可以让我们暂时告别熟悉的人群与环境，告别眼前一切的烦恼、压力和焦虑，暂时从中抽离出来，通过拥抱一个向往已久的地方获得全身心的治愈。

在阿兰·德波顿[1]的笔下，旅行是一种慰藉。飞机出行给我们带来的是如此广阔的全局观思维：飞机的起飞为我们的心灵带来愉悦，因为飞机迅疾的上升是实现人生转机的极佳象征。飞机展呈的力量能激励我们联想到人生中类似的、决定性的转机；它让我们想象自己终有一天能奋力攀升，摆脱现实中赫然迫近的人生困厄。我们的生活是如此狭隘，就像井底之蛙：我们生活在那

1.阿兰·德波顿（Alain de Botton，1969—   ），出生于瑞士苏黎世，毕业于剑桥大学历史系，获伦敦大学哲学硕士，居住在英国的作家、电视节目主持及制作人。通晓英、法、德、西班牙、拉丁数种语言，他的著作及所制作的电视节目惯以哲学角度，代表作：《爱情笔记》《旅行的慰藉》《拥抱似水年华》《身份的焦虑》和《幸福建筑》等都创出了最畅销书籍的佳绩。

个世界里，但我们几乎从未像老鹰和上帝那样睹其全貌。云端之上：云朵带来的是一种宁静。在我们的下面，是我们恐惧和悲伤之所，那里有我们的敌人和同仁，而现在，他们都在地面上，微不足道，也无足轻重。

在李斯特的古典钢琴曲中，旅行是一个人心灵的朝圣。李斯特是 19 世纪末匈牙利著名的钢琴家，浪漫主义杰出人物的代表。1837 年的他正值创作中的年富力强，也是他需要突破的阶段，同时，他爱上了玛利达古伯爵夫人，两人不顾世俗的反对坠入爱河，面对事业与爱情的双重考验，李斯特踏上了全球巡演之旅，途经了瑞士、意大利、西班牙、俄罗斯等国家，瑞士的优美、意大利的古典、西班牙的热烈、俄罗斯的广阔无一不给这位年轻的钢琴家的创作注入了新的元素与活力，继而创作出了代表作《旅行岁月》，钢琴组曲没有夸张的绚丽，更多地展现了大自然的逶迤和在这段岁月里他心灵的成长，旅行中为他带来的灵感和激情也令他在各处的巡演大获成功，他的音乐为各国听众带去了一场场听觉的盛宴，他自己也在这次旅行巡演中完成与自我的和解。

在美国"垮掉的一代"的代表作家杰克·凯鲁亚克[1]的笔下，旅行是一次渴望自由的流浪，是青春里无处安放的燃烧的激情。他的作品《在路上》既是一部自传体公路小说、旅途素描，又是三个年轻人的精神成长历程。小说中的三个年轻人，赛尔是一个

---

1. 杰克·凯鲁亚克（Jack Kerouac，1922—1969），美国小说家、作家、艺术家与诗人，也是垮掉的一代中最有名的作家之一，代表作：《乡镇和城市》《在路上》《梦之书》《达摩流浪者》《地下人》《孤独的旅人》和《孤独天使》等。

追寻灵感、渴望遨游的年轻作家，迪安·莫里亚蒂则是个风流率性，曾几进监狱的不安少年，还娶了 16 岁的浪荡姑娘玛丽露为妻。然而赛尔十分喜欢迪安充满激情的生活，迪安则钦佩赛尔的风度与学识，三个迷恋自由的年轻人结识后，很快便决定抛下原有的日常生活，一同行走在路上。他们一路搭便车，吸大麻，行时高歌，醉时沉思。在穿越美国东西的大道上，放浪形骸，追寻自我，燃烧青春。该小说被誉为"垮掉一代"的圣经，并在2012 年由导演沃尔特·塞勒斯改编成电影，搬上大银幕。这部作品之所以成为经典在于它不仅仅是一部公路旅途小说，而在于作者将三个在旅途中的年轻人的心路历程升华为人类普遍的心路历程，引起共鸣。

同样，几乎囊括了 2018 年奥斯卡全部奖项的《绿皮书》也为我们讲述了一段令人深思的故事。在主人公唐和托尼的旅途中，旅行是一次不同种族之间的相互理解，友谊共建，彼此的认知、改变和成就。因为夜总会暂时的关闭，在其中工作的白人托尼为了养家糊口急需要找到一份工作，恰好当时著名的黑人音乐家计划美国的南方巡演需要一个可靠的司机。两个肤色不同，社会地位不同，经历、学识不同的人就这样踏上了去往南方的巡演之旅。当时美国的南方还处在种族歧视非常严重的阶段，一本《绿皮书》，又被称为《黑人司机驾驶指南》是当时黑人在南方期间的所到之处生活、居住的规定。身为黑人，不论他的社会地位多高，他都不能进入白人所在的餐厅吃饭，有专门供黑人居住的宾馆客栈……最初两个人的旅途充满了对立、争吵，不同的价值观、不同的生活习惯让他们几乎无法沟通和交流。渐渐的，学识渊博的唐用他的才华帮助不识字的托尼给爱妻写信，写一路的见闻和对家的思念，帮助满身社会习气的托尼树立正确的世界观，让他学会自尊、自爱，托尼则在唐身陷困境时不离不弃，支持他、鼓励他、保护他，和唐一起闯过了一次又一次的种族歧视危机，当他得知唐已是当时总统的座上宾却不惜冒着生命危险和被侮辱的境况接受公益巡演，就是想让南方的美国人对黑人有更深的认识，减少对整个黑人群体的歧视时，更加佩服这位音乐家的勇气。圣诞节前夜，他们冒着大雪赶回了自家所在的城市，结束了这段历时3个月的旅程。就在托尼和一家人欢聚时内心依旧惦记着孤身一人的唐时，唐出现在他的面前，唐改变了托尼，托尼也改变了唐，他们深情地拥抱在一起，跨越了肤色、种族、地位等一切障碍，成为了一生的挚友。这部影片改自真实的故事，现实生活中的唐和托尼保持了一生的友谊。

不论是我们只身一人踏上旅途，还是结伴而行，旅途中我们会看到不同以往的风景，认识新的朋友，获得新的感受，也能体会到一路的艰辛、孤独甚至是无助，宛如体验了一次新的人生。在旅途中，我们还看到了美，正如捷克诗人扬斯卡采尔所说："诗人不创造诗，诗就在某地背后，它千秋万岁地等在那里。"这句话同时也道出了无论是在创作领域之旅，还是在人生之旅，真正的美和感动一直都在，而我们踏上旅途的意义就在于去寻找它，升华它，更关键的是，当我们看到大自然那些宏伟壮观的高山大川时，才能感受到自身的渺小，而平日里那些我们纠结其中的是是非非都会在这壮阔的山河里化解，当我们再次回归到现实生活里的时候，我们已会从更为宏观、博大的视角去看问题，对周围的一切会用更开阔的思路、开放的心态去理解。余秋雨在给阿兰·德波顿的《旅行的慰藉》一书作序时这样写道：旅行是万众的权利，每人都可以选择适合自己的方式。但是，不同的文化程度和人生基调，会使同样的旅途迈出不一样的脚步。相同的是，每一段旅途都会让我们在暂时与现实生活中抽离的过程中成长，让我们直面自己的内心，去与另一个自己对话，让我们充满勇气，直面孤独，在意识到自身渺小的同时，内心变得充盈而强大，放下过往，完成与自我的和解之旅。

小仪式，大确幸

懂得与自己和解的人都懂得在日复一日重复的生活中保留那一份份小小的仪式感。

为生活赋予仪式感，就是使某一天与其他日子不同，使某一刻与其他时刻不同。这是法国著名哲理童话《小王子》教会我们的。比如，我们每年生日时的蛋糕和礼物会让我们感受到有别于其他任何人，在某一年的某一天某一个时刻，独一无二的我们在这个世上降临；母亲节的鲜花会让我们感悟到母亲那无私的爱和奉献，告诉妈妈我们有多么爱她；升旗的仪式感会让我们体会到今日的岁月静好来之不易，我们在庄严的国歌声里将历史铭记并对今日的生活予以感恩和珍惜；供职日慰问卡片会告诉我们在一家公司工作的年限，我们会在回顾自己奋斗之路的足迹中，收获自豪和骄傲。

为生活赋予仪式感，是对自己成长的纪念。这一点，我们从各国保留的成人仪式中可窥一斑：中国自古针对成年仪式就有"冠礼"之说，即在男子二十岁成年这一天举行加冠的礼仪，从加冠这天起，冠者便被社会承认为已经成年。按中国古代阴阳学说，冠日多选甲子、丙寅吉日，特别以正月为大吉，女子则在十五岁时举行"笄礼"，也叫加笄，就是由女孩的家长替她把头发盘结起，加上一根簪子，改变发式表示从此结束少女时代，可以嫁人了。德国成人仪式是德国由来已久的一个传统节日，德国的成人礼不仅有宗教含义，而且还赋予了新的意义，年满14岁的青少年就算是成人。每年的四五月份，全国满14岁的少男少女穿戴一新，由家长、亲友陪同集合在当地的文化之家。在充满节日的气氛中，地方政府负责人或社会名流首先致辞，讲解成人之后对社会所担负的义务和享受的权利，鼓励他们遵守社会公德，报效国家。随后，师长、亲友和低年级的小朋友会向他们表示祝贺，并赠送礼物和鲜花。中午，全家聚餐以示庆祝。晚上为他们举办舞会，时间还可以破例延长至夜里10点钟。为了迎接人生中这一重要阶段的开始，有关部门一般要对8年级的这些孩子事先做些准备工作，例如让他们会见各界人士和老工人，组织他们游览山川，参观名胜古迹，参加音乐会，等等。在日本，政府规定每年1月15日为成人节，这一天是日本国民的传统大节，届时全国放假，足见国家对成年仪式的重视。这一天，凡满20岁的青年男女都要身穿节日盛装，到公会堂或区民会馆等处参加各级政府为他们举办的成人仪式和庆祝活动。成人仪式一般首先由町长或村长致词，勉励青年们努力学习、工作，担负起未来的责任。而后青年们高声宣誓，决心改掉稚气，以严肃的态度步入成人的行列。接着举行丰富多彩的庆祝活动。一些男青年还结队进行冬泳，以示勇敢地迎接未来生活的挑战。日本的成人节源于古代的成人仪礼，而日本古代的成人仪礼是受中国"冠礼"的影响。日本仿的是中国旧礼制，始行加冠制度在天武天皇十一年（683）。秘鲁少男在成人仪式上须通过的唯一"考试"是从约8米高的悬崖上跳下，因而胆怯者就永远不能成为"大人"。尽管每次仪式上都有一些少男在跳崖时被摔得鼻青眼肿，但这种古老的"跳崖礼"至今仍在秘鲁盛行。

为生活赋予仪式感，更是对自己一世岁月的尊重。民国才女林徽因，每次在夜间作诗前都要做足仪式。沐浴焚香，一盏茶，一把琴，一本线装书。那首著名的《人间四月天》，大概就是在这样的氛围中诞生的吧。在电影《蒂凡尼的早餐》中的奥黛丽·赫本将早餐吃出了仪式感。每当她感到心绪不宁时，就会专程乘车来到蒂凡尼珠宝店门口。穿上美丽的小黑裙，一边吃着手中的面包，一边目不转睛地欣赏着蒂凡尼珠宝，随之感到心安。英国人喝下午茶更是仪式感十足，因为这个习俗最初就是源自于皇家贵族，传统的茶室礼仪，讲究交谈声音要小，瓷器轻拿轻放；饮食男女都需穿上正装，男士西装革履，打着领结，女士一袭套裙，举止从容，有人从面前经过时要礼貌地轻轻挪动身姿，报以微笑。伴茶的松饼吃法，是先以刀切开，但是不能切到底，然后用手撕，先涂果酱，再涂奶油。吃完一口，再涂一口。杯中茶喝完后，将茶匙放到茶杯中，表示到此为止，否则主人会不断续茶的，直到今天，许多英国家庭仍然保持着这一下午茶的仪式感，每天下午在固定的时间，甚至是窗口固定的角度开始喝茶的活动和仪式，几十年如一日。

为生活赋予仪式感，是对至暗时刻的有力回击。北欧的丹麦和芬兰，一直以来因为其国家的高福利政策被联合国评为世界上最幸福的国家，但自杀率却也是最高的，有常被世人戏称为"Live Life, Die Young！"就是"生活幸福，但不幸早逝！"因为北欧处在地球的高纬度范围，每年都会经历一次极昼和极夜的阶段，极夜的时候，每天日照的时间不足两个小时，人们大部分时间是在漫长的黑夜中度过的，而光照的长短对人情绪的影响至关重要，很多人因此患上季节性应激障碍症。为了有效地降低因这个问题导致的情绪崩溃，北欧人在长期的生活中提出 HYGGE 的生活模式，这种模式注重生活的仪式感，在极昼或极夜的季节到来之前，人们储备好足够的物质，而当至明至暗的时刻到来时，北欧人会尽量停留在室内和家人们相守，点燃大量的蜡烛，享受家人在一起的美好时光，据说这也是为什么北欧在家具设计上独树一帜的原因，因为人们需要长期的居家共处，自然舒适而养眼的家具更受欢迎，事实证明，北欧人通过仪式感应对大自然给人类提出的挑战收到了很好的效果，那里的人们普遍为自己生活在世界上幸福指数最高的国家中而倍感骄傲和自豪。

每个小小的仪式背后都蕴藏着大大的幸福。它让一个寻常的时刻不再寻常，让一个寻常的日子有暖有爱亦有光，让一个人感觉到自己的价值和特别之处，每个小小的仪式后都能让我们感受到与自我和解的力量，尊重感恩过往，在未来的日常里注入更多的希望。

生活的艺术，艺术的生活

20 世纪 90 年代开始，欧美开始倡导一种新兴的乐活生活形态，乐活来自英文音译 LOHAS，是英语 Lifestyles of Health and Sustainability 的缩写，意为以健康及自给自足的方式生活，它的核心理念是"健康、快乐，环保、可持续"。这种生活模式下的人们既关心自己的健康，也关注着生病着的地球。他们吃健康的食物，穿环保的衣物，骑自行车或步行，喜欢练瑜伽健身，听心灵音乐，注重个人成长。时至今日，美国每四人中就有一人是"乐活族"，在欧洲约有三分之一人口属于"乐活"的忠实粉丝。

可见，当经济和文明发展到一定程度，简单、健康、可持续的生活更令人向往，因为这种生活模式更为返璞归真，符合人的本性。同时，人们也更注重对健康身心的滋养，走进音乐厅去听一场古典音乐会，进到美术馆看一次画展，周末跑去学习书法、绘画、花艺、烘焙、打高尔夫，种植花园，假期则开着房车到心仪的地方宿营、旅行……艺术、音乐、运动、文娱已经成了当代人生活里不可或缺的精神食粮。我们从近些年中国博物馆办展上升趋势中就可以一窥国人对文博发展的需求曲线。2020年中国博物馆公共文化服务人群覆盖率达到每25万人拥有一家博物馆，博物馆数量增加至5720个，年均复合增长率4.08%，观众达到每年8亿人次。阿兰·德波顿曾在他的《工作颂歌》中告诉我们，伟大的艺术作品有一种令人浮想联翩的特质。它们会使人关注那些转瞬即逝的东西，譬如在一个无风、炎热的夏日下午，一棵橡树给人带来凉爽的树影，或是初秋金棕色的树叶，或是在火车上瞥见的、忧郁的灰暗天空衬托下，一棵枝叶光秃的树所表现出来的坚忍和悲伤。与此同时，绘画似乎还能够唤醒某些已被忘却的心灵中的往事，让人在冥冥中再度联想到它们。这些树或许会蓦然唤醒我们未曾说出的诉求，而在夏日天空那一层薄雾中，我们再度看到正值翩翩少年时的自己。而音乐可以陶冶人的情操，抚慰人的灵魂，使人忘记疲劳与烦恼。一首优美的乐曲能使人精神放松，心情愉快，令人的大脑得到充分的休息，体力得到适当的调整。音乐还能传递人与人之间的情感，引起人与人之间情感上的共鸣，达到心灵上的契合，至于绘画、运动等都与艺术和音乐有着异曲同工的作用。

　　很多年以前，中国现代著名作家、学者、翻译家林语堂写了一本《生活的艺术》，他在书中谈了庄子的淡泊，赞了陶渊明的闲适，以及中国人如何品茗、行酒令、观山、玩水、看云、鉴石、养花、蓄鸟、赏雪、听雨、吟风、弄月……将中国人旷怀达观、陶情遣兴的生活方式和浪漫高雅的东方情调皆诉诸笔端，向世人娓娓道出了一个可供仿效的"东方生活艺术之最高境界"的典范。不难看出，中国人自古就非常懂得艺术的生活和生活中的艺术。倒是近几十年，国人因争先成为商业大潮的弄潮儿，在商业的大海中追风逐浪，忽视和淡忘了很多自我们的祖先就珍视的生活趣味儿和艺术，殊不知，正是这些融于生活的乐趣和艺术才会让我们疲惫的身心得到放松和舒展，实现自我的身心合一，回溯到生命与生活的本质。作为享誉全球的喜剧大师，卓别林一生共拍摄了79部影片，无一不拥有着震撼人心的精神力量。一位评论家曾这样评论他："当他笑的时候，全世界许多民族和国家跟着他哈哈大笑；当他悲伤的时候，全世界都回响着悲伤的哭泣声。他小小的手势也会那样轻易地激起人们的感情……他的确称得上是一位电影魔术师。"而卓别林的一生正如他自己所说："时间是一个伟大的作者，它会给每个人写出完美的结局来。"从贫民窟中走出的卓别林，他以无与伦比的幽默诙谐和表演天赋演绎出了人生的点滴，带给全世界观众笑声的同时，更教会了人们幽默、艺术地看待生活的林林总总。卓别林最终走上了世界最高的舞台，也让整个世界看到了他永不熄灭的精神之光。

　　无论是喜剧大师的诙谐幽默，还是中国古人对生活艺术的理解和把玩，看似闲适、随性的生活，却盛满着处世与自我和解的智慧，许多乐趣在当下充满浓厚商业气息的社会的价值观面前似乎有些玩物丧志，实则恰恰相反，在那些无用的消遣和娱乐中，我们笑谈人生，举重若轻，这本就是大智。人生原本不易，其中会有很多不尽如人意的地方，若能懂得生活本身就是一门艺术，便可以从多个角度去理解和看待生活，在其中融入诙谐和幽默的笔触，乐观豁达地看待人生的起起落落，这才是我们追求生活艺术与其中乐趣的真谛，也是与自我和解的另一条蹊径。

有时候停下来会比一直走下去更快

在快节奏生活的今天，我们常常被工作与生活的潮流裹挟得身不由己地向前赶路，那些原本需要慢下来细品的生活片断反而变得匆忙而狼狈。比如，慢慢吃饭因为赶时间变成了狼吞虎咽，本应和父母耐心地聊天因太多的烦心事变成了不耐烦的敷衍，特别是需要慢慢来的教育因讲求所谓的成果而变成了千篇一律的揠苗助长……生活似乎正在快速地变得本末倒置。

在一堂瑜伽课上，老师对学生们说："大家现在将胸挺直，肩膀放松，抬起头，双眼目视前方坚持3分钟，看看有什么感觉？"时间过去一分钟之后，有的学生回答说："老师，我感觉很累。"两分钟后，有的学生回答说："老师，我的肩膀酸痛，要支撑不住了。"三分钟后，老师问："大家现在有什么感受？"学生们纷纷回答："很舒服！"老师接下来说："大家有没有意识到，在快节奏的生活、工作频率中，我们渐渐养成了一个不良的姿势，我们端着肩，头一直在向前探，这是我们内心焦灼的外在反映，我们总在想着急急忙忙地干下一项工作，去办下一件事儿，带孩子奔向下一个补课班，精神始终得不到自然的放松，我们的头一直探向前，随时做好了冲出去奔向下一个要忙的事儿，随之带动我们的肩端着而不自知。所以，瑜伽不仅仅是一种运动，它更是一个我们与自己的身体、心灵对话的过程，慢慢治愈我们的身心，最终达到让我们身心统一、自我和解的状态。"在场的学生纷纷点头、惊叹，如醍醐灌顶般顿悟，自此之后，几乎无人缺课。

慢下来的生活是一种生活艺术和智慧，人类很多经典之作、举世之解都是在慢下来之后的积淀、思考和创作中诞生的。因为在慢下来的生活中，我们才能得以回归思想和内心的深处，集中所有的智慧和精力专注在当下的生活。正是在慢生活，林语堂先生才写出了《生活的艺术》，在这本书里，林语堂充分展现了中国人的东方闲适哲学，他崇尚"自由和淡泊"以及"智慧而快乐的生活哲学"，以散淡的文字阐述了生活的乐趣，令其成为中国慢生活的经典之作。正是在慢慢的积累和思考中，20世纪欧洲最伟大的"懒鬼"瓦尔特·本雅明[1]写下了作品《拱廊街》。他天天无所事事，在街头闲逛，做城市街头的漫游者，他说："艺术家、诗人看似最不潜心工作的时候，往往是他们最潜心其中的时候。"英国知名杂志主编，专栏和畅销书作家汤姆·霍奇金森[2]是《悠游度日》的作者。20世纪90年代初开办了杂志《有闲人》（The Idler），竭力提倡自由懒散的慢生活，反抗西方世界高速运转的工作

1.瓦尔特·本雅明（Walter Benjamin，1892—1940），德国哲学家、文化评论者、折中主义思想家。代表作：《论歌德选择性亲和力》《机械复制时代的艺术作品》《历史哲学论纲》等。
2.汤姆·霍奇金森（Tom Hodgkinson，1968— ），英国作家、出版人。在其出版的书籍和文章中，体现出的哲学是一种轻松的生活态度，享受生活中的一切，而不是为想象中的更美好未来而辛劳。

文化。

　　懂得与自己和解的人更懂得暂时地慢下来，这之后却会走得更快的道理。暂时地慢下来并不是停滞不前，而是让疲惫的身心从日常快速被消耗的惯性中抽离出来得以休憩和调整。中国运动员刘翔在赛道上打破过无数的纪录，是跨栏界的飞人，速度快到无人能及。但生活中的他，却喜欢慢生活的节奏，他喜欢慢慢吃饭，慢慢生活，享受慢生活的意义，让自己在慢中获得高强度、快速度训练后的治愈与恢复，张弛有度，以更好的状态投入到下一次的比赛中。这与打拳击的时候懂得适度的收拳是同样的道理，收拳让拳击手调整战姿，回收力量，保护自己免受对手重创的同时，能让自己在下一记重拳时保持最快的出拳速度。

　　约翰·列侬说："当我们为生活疲于奔命的时候，生活正在离我们而去。"20世纪90年代的意大利开始倡导"慢食"文化，以美食评论家卡洛·佩特里奇为首成立了"国际慢餐协会"，它的标识是一只蜗牛，代表着该文化所倡导的优雅而放慢的高生活质量。慢生活并不单纯地指放慢生活的速度，更多的是提示我们不被高速运转的社会节奏裹挟，是一种健康的生活方式和态度，更是一种与自我和解的智慧与境界，因为只有当我们处在最适合自己的节奏里时，身心才会处在最为舒展、健康的状态，远离各种焦虑、急躁甚至是抑郁，这种状态下的生活不仅能获得高质量的回报，相比那种一头扎进奔忙大潮中的做法效率更高，效果也更好，进而帮助我们建立起良性的生活节奏体系，处变不惊，从容应变。

　　愿你我都尝试着放慢生活的脚步，更接近那个最真实、最舒适的自我，不再抓狂于那一地的鸡毛，也更接近生活的本质和美好。

温暖而光亮，坚定且从容

一部书稿封笔前，似乎不写个尾篇就没有写完这本书。

从动笔时的漫天飞雪到封笔时的百花盛开，噼里啪啦的键盘声伴着窗外的景致变化走过数月。这数月里，疫情还没有结束，病毒还在继续变异，而人类也以最快的速度开始大批接种疫苗，世界虽然还没有完全恢复以往的秩序，但似乎已经让人类看到了希望。

这场疫情给人类以重创，让人类疲惫不堪。截至今天，全球已有 5.1 亿人感染新冠病毒，600 多万人死亡，在这个人类似乎已经就快没有什么可敬畏的时候，肆虐的疫情开始让我们敬畏生命，敬畏自然，敬畏我们生活的这个星球；在这个全球因为资源有限而不断竞争的时代，人类还在唇枪舌剑，为孰是孰非打得不可开交，为利益你争我夺，圈地屯田的时候，一个小小的病毒就轻易搅乱了人类的世界，让仿如一台轰隆隆运转的机器戛然而止，让你来我往的人类各项活动几乎停摆，迫使我们按下暂停键深刻地内省人类自身的问题："我们从哪里来？我们是谁？我们要到哪里去？"

每逢写作累的时候，我便跑去这个城市里一个叫鸟岛的地方。这里是浑河在城市东部的入口，因其周边良好的生态环境，吸引了不少斑头雁、绿毛鸭来此栖居。每年开春的时候，大批北归的候鸟在开化的河面上陆续出现，吸引着城市里的人群跑去观看，更有长年跟踪它们的摄影师、鸟类爱好者从早到晚地驻守在河边，日出而至，日落而返，观察、拍摄和喂养这些野生的飞禽。远远望去，波光粼粼的河面上飞鸟济济，悠鸣声声，在阳光里游弋戏水，婀娜多姿，河岸边聚集着一路众人，有观察的，有拍照的，有写生的，有喂养的，好多人带着全家来看鸟，与鸟近距离地亲近接触，而鸟似乎早已习惯了人们的友好，完全是一副主人的姿态，引颈高歌。岸边水里，总是一片人与自然的和谐场面，令人感动和欣慰，在这个疫情肆虐的冬天，看鸟的人更是有增无减。可见，人们愈加认识到了自然与生命的可贵。在过去几个世纪里，人类凭借着超乎其他物种的聪明才智创造了无数人类的文明，发明了诸如机器、汽车、电脑、互联网等划时代的工具，但也因人类的贪婪，利用科技的进步对地球资源的大肆开采和掠夺而不断给这个星球施以伤害和污染，即使这样，这个星球依然用它的怀抱无限地包容着我们人类，赐我们阳光、雨露、山川、溪流还有万物，它依然用它的耐心和慈悲等待着人类——这个星球上最高级的动物，有一天，能恍然大悟，放下残忍、傲慢、贪婪、自私和狭隘，返璞归真，敬畏生命。

一花一世界，一叶一菩提。大自然早用万物生灵之美告诉我们：只有当生命个体与自己达成真正和解之时，一个生命才会至真、至美地存在，也只有当人类与自然万物和解，和谐共生之时，才会找到长久困扰人类自身问题的答案，亦是人类走出困境之时。可见，与自己和解不仅仅是生命个体成长的终极目标，亦是人类得以生存繁衍、生生不息的必经之路。

愿你我都能早日拨云见日，与我们的身心和解，与他人和解，与我们所在的群体和解，与这个世界和解，温暖而光亮，坚定且从容。

　　在此，感谢资深出版人孔宁老师，是他的坚持和建议让我逐渐找到了文字的行走方向，他还尽全力帮助我打理这本书可与读者见面的细节和琐事，这些都是我最不擅长的。因自身的认知、水平和阅历有限，书中难免存在一定的纰漏和谬误，敬请广大读者批评指正，一起帮助我完成与自我的和解之旅，幸甚。